KB043926

한계령

한계령

초판 인쇄   2023년 12월 1일
초판 발행   2023년 12월 5일

지은이   정덕수
펴낸이   김상철
발행처   스타북스
등록번호   제300-2006-00104호
주소   서울시 종로구 종로 19 르메이에르종로타운 B동 920호
전화   02) 735-1312
팩스   02) 735-5501
이메일   starbooks22@naver.com

ISBN   979-11-5795-711-8 03810

ⓒ 2023 Starbooks Inc.
Printed in Seoul, Korea

이 책은 저작권법에 의해 보호를 받는 저작물이므로 무단전재와 무단복제를 금합니다.
잘못 만들어진 책은 구입하신 서점에서 교환하여 드립니다.

한계령

정덕수 시집

스타북스

"선생님 제가 이번에 시집을 한 권 출판하게 되었습니다. 어려우시겠지만 선생님께서 한 말씀 해주시면 고맙겠습니다."

두 달 전 인사동에서 만난 정덕수 시인으로부터 이런 부탁을 받고 흔쾌히 그리하겠다 대답을 했지만 예전과 다른 처지에서 막막하기 그지없는 일을 맡았다 싶었습니다. 그래도 간곡하게 부탁하던 모습을 생각하며 몇 자 적어봅니다.

2~3년 정도 지났나 싶군요. 기억으로는 봄이 여름으로 향하던 시기였지 싶은데 동해안으로 가게 되었어요. 그때 정덕수 시인이 반갑게 맞아주었습니다. 새벽에 산에 다녀왔다며 아이스박스 가득 진귀한 산나물을 들고 왔더군요.

해발 1400미터에서 1700미터 설악산의 산 능선마다 어디에 어떤 산나물이 자라는지 안다는 정 시인의 안내로 굽잇길을 달려 한계령을 오르고 차를 나누었어요. 다시 그의 고향이라는 오색마을에서 정 시인의 토박이친구가 직접 운영한다는 식당에서 점심식사를 했었지요.

동행한 이들과 같이, 일찌감치 숙소를 정해 잠시 휴식을 취하고 난 다음 찾아간 "낙산사 뒤쪽이라 후진後津으로 부른다"는 작은 포구 횟집에서 일행 가운데 한 사람이 "산삼도 보았나요"라 정 시인에게 물어 보더군요. 궁금중에 그가 하는 대답에 저절로 귀를 기울여 듣게 되더군요. 예전엔 산삼이라 하면 정말 진귀한 영물이고 산삼 하나로 팔자를 고친다는 전설같은 이야기를 들었었는데 설악산에 사는 정 시인이 과연 그런 산삼을 만났나 싶었지요.

해발 1000미터 지대에서 처음 산삼을 산나물을 채취하다 만났고, 얼마 전에도 1600미터 지대에서 다시 몇 뿌리의 산삼을 만났다는 그의 대답과 함께 우리 일행들은 산의 내음이 물씬 나는 얘기를 들으며 저녁 시간을 보냈었네요.

그러고 보니 그날 일몰의 시간을 맞춰 찾았던 후진항 방파제 바로 앞 횟집은 제법 오래전 낙산 바닷가에 세워진 황금찬 시인의 시비 제막식에 갔을 때 정 시인이 안내했던 곳이더군요. 세월이 흘렀고, 몇 사람 일행은 바뀌었어도 그나 나나 여전히 시를 얘기하고 잠시나마 같은 공간에 머물렀습니다.

그리고 돌아와 정 시인에게 들었던 이야기들을 떠올리며 그의 이름으로 시 한 편을 보내주었습니다.

정덕수

—한계령

내 육신을 벗어 놓고

꽃으로 피어 노래 부르리

아, 무량하다 생각턴 인생 찰나刹那의 꿈

칭칭 감겨 울고픈 맘 접어 두고

바람 부는 산길 넘나드는 잡초인 양

스러지리라 비감悲感 고이 접고*

눈알이 부리부리하다

한계령 산나물 야생화 이름을 달달 외운다

아니 짐승 날벌레까지 달달

목소리가 우렁차다

산삼 천삼 만삼하며 하는 대로 흔들리는

수염이 산삼 뿌리 같다

산삼 어수리

가는 뿌리가 흔들린다

오색약수 물소리에

옛집을 생각하며 우는 목소리로

가난한 아버지 어머니 누이동생을 생각하는데

비가 내린다

그가 내게 암초를 밝히는 붉은 등대처럼
모자를 벗고 붉은 머리 정수리를 굽어보이던 밤
그의 아픔
그의 서러움
그의 외로움을
다 읽고도 남은 것이 있어
그가 BOHEM CIGAR에 불을 붙일 때
담배 연기에서
그의 비감悲感을 마셨다

비가 내린다

* 정덕수 시집 『한계령에서』 「가을의 정적을 깨고 피는 꽃」 일부

그날 하루 일행들을 안내하는 정 시인에게 쏟아졌던 질문들에 들려주었던 〈한계령〉이란 노래가 만들어진 배경과 동기를 통해 오색

리가 고향인 정덕수란 한 인물이 살았던 기록이란 걸 알게 되었습니다.

1981년에 썼다는 「한계령」이 그의 나이 18살 시절이라면 그 이전부터 이미 많은 시를 썼다는 애기인데 그 궁금증은 그가 저에 대한 기억으로 들려준 애기를 통해 알 수 있습니다.

"정확하지는 않지만 1970년대 말 어느 해인가로 기억되는데 가을이 시작되기 전 장충단공원에서 멀지 않은 곳에 있던 보리수 다방이란 곳에서 몇 분의 시인님들과 함께 계신 선생님을 뵈었습니다. 드러냄 없이 조용하면서도 나이 어린 후배들을 배려하시는 겸손하신 모습에 더 많이 존경심을 지니게 되었고, 그 뒤로도 여러 곳에서 선생님의 변함없는 모습을 뵈었습니다."

이렇게 말하는 정 시인의 얘기로 미루어 1970년대 말부터 지금까지 여러 자리에서 만났으면서도 드러내지 않고 묵묵히 자신의 길을 걸어온 그가 나를 닮고 싶다니 고마운 일입니다.

최근에도 거푸 두 번 인사동에서 만났는데 멀리서 소식을 듣고 찾아온 정 시인에게 "시 많이 쓰세요"라 했던 인사가 이렇게 다시 한 권의 시집으로 엮인다는 소식을 듣게 되니 반가운 마음으로 축하의 인사를 전합니다.

그리고 이제 당부하니, 아름다운 고갯길 설악을 찾을 때는 정덕수 시인의 『한계령』을 들고 가시기 바랍니다.

설악의 품에 안겨 바다를 만날 때도 한계령에서 시집을 꼭 품에
안고 가시기 바랍니다.

시詩 실컷들 사랑하기를 바라며.

2023년 11월 14일

이생진
(시인)

모두가 가난했던 시대라고는 해도 소년은 처참하게 가난했다. 배가 고프면 오색약수로 배를 채웠고 공부가 하고프면 설악산 줄기들을 탔다.

한계령에 올랐다. 세상으로 돌아가기 싫었다. 한 줄기 바람처럼 떠돌고 싶었다.

산은 아직은 때가 아니라고 어깨를 떠밀었다. "때가 될 때까지 네게 주어진 세상을 살아내거라."

눈물이 났다. 진작 어른이 되어 버린 소년의 가슴에서 오색약수처럼 시가 퐁퐁 솟아올랐다. '저 산은 내게 우지마라 우지마라 하고… 저 산은 내게 내려가라 내려가라 하네. 지친 내 어깨를 떠미네.'

시는 노래가 되었다. 지치고 힘든 이들을 위로해주는 슬프면서도 따뜻한 멜로디.

지치고 힘들 때면 시인의 시집을 들고 한계령에 오시라. 당신의 이야기를 들어주고 가슴을 쓸어주고 어깨를 토닥거려 줄 따뜻한 품이 여기 있다.

　시를 읊조리고 노래를 흥얼거리다 보면 어느새 고갈됐던 에너지가 다시 채워져 있음을 깨달을 것이다.

송일준
(전 한국PD연합회장, 광주MBC 사장)

한계령에 얽힌 한恨

안타깝고도 슬퍼 응어리진 마음이 한이다. 90년대 후반에 처음
만난 정덕수 시인에게서는 항상 그런 게 느껴졌다. 웃음 건너편에서
도 그의 아스라한 슬픔이나 아픔 같은 게 느껴지곤 했다.

나중에 그게 왠가를 알게 됐다. 한계령 아래 오색리에서 태어난
그는 어린시절 부친의 가정폭력으로 집을 나간 어머니를 그리며 살
았다. 한계령에 올라 어머니가 산다는 인제 쪽을 바라보며 피를 토하
듯 울었다는 얘기에 내가 울컥해지기도 했다.

한계령이 슬픔에 지친 그의 어깨를 두드리며 이제 그만 내려가라
고 할 때까지 그는 울었단다. 국민학교만 마친 후 고향을 떠나 방황
한 시절에 가진 수많은 생각과 슬픔들을 위로하는 건 여전히 그의 또
다른 어머니 한계령이었다. 고민과 슬픔들은 그 산이 주는 위로로 정
화되고, 그건 다시 아름다운 시어가 되어 마음속에 정착했다. 그 한
많은 사연들이 그의 나이 18세에 오른 한계령에서 한 편의 시로 태어

났다. 「한계령에서」란…

이젠 국민가요가 된 〈한계령〉이 그의 원작시를 바탕으로 한 것임에도 그 사실이 감춰진 채로 오랜 세월이 흘렀던 시점에서 내가 그를 만났다. 난 주인 잃은 시를 그냥 둬서는 안 된다고 했고, 그걸 기회로 결국 시인은 그 저작권을 되찾았다. 사필귀정事必歸正이다.

두 권으로 엮인 그의 시집을 받아들고 감격했다. 그걸 읽으며 한계령에 얽힌 애증에 함께 아파하는 동시에 깊은 사랑을 가지게 됐다. 그 후의 한계령은 외지인인 내게도 고향 같은 그리움의 대상이 되었다.

이제 그곳에 〈한계령〉 노래비가 섰고, 시인 정덕수는 그 노랫말의 원작자로 우뚝 섰다. 그에 더해 이번에 한계령을 주제로 한 70년대 이후의 여러 시들이 한 권의 시집으로 묶여 나온다니 내가 다 감격스럽다.

한 때 내가 원망하며 살짝 미워하기까지 했던 〈한계령〉의 작곡자가 오히려 오늘의 정덕수 시인이 있게 해준 은인이란 생각에 그분에게 사과드리는 동시에 감사드리고 싶다.

박순백
(수필가, 언론학박사)

다시 시집 한 권을 엮으며

아무도 이름을 불러주지 않으면 그저 잡초에 불과한 풀도 꽃을 피운다. 구절초, 쑥부쟁이, 질경이, 졸방제비꽃, 한계령풀, 구름송이풀 등 모든 들풀마다 고유의 이름을 지녔지만 제대로 모르면 그저 풀이고 잡초가 된다.

들과 산에서 만나는 모든 풀들의 이름을 배워 부르며 시로 쓰고, 글로 풀어가며 살고자 했다.

나이 60, 어려서 헤어져야 했던 어머니는 쉰 되시던 해 봄에 돌아가셨다. 아주 짧은 기간 어머니와 함께 했고, 불가피하게 탄광에서 일을 했다.

늦은 결혼을 하고 마흔에 첫딸을 낳아 돌이 지났을 때 아버지도 돌아가셨다.

아버지가 돌아가신 그해 연말 둘째가 태어났고 딸아이는 은혜롭게 오라는 의미로 돌림자를 써서 '래은來恩'이라고 이름을 지었듯, 사내 아이는 으뜸으로 오라는 의미로 '래원來元'이란 이름을 지어줬다.

말썽 없이 자란 두 아이 모두 대학생이 됐다.

'한계령'. 한계限界가 아닌 한계寒溪로 한자표기를 해야 되는 고갯길인 령嶺이다.

한계限界란 말은 어떤 대상, 아니 대부분의 사물들이 더 이상 앞으로 나갈 수 없는 범위나 경계로 읽힐 수도 있다는 사실을 오래전 이미 알고 있었다.

더러는 도무지 벗어날 수 없는 불가항력으로 저지당하는 느낌을 얘기하는 이들도 있었다.

반면 한계寒溪는 막히거나 끊기고 단절되며 저지당하는 운명이 아니다. 끝없이 새로운 물길들을 만나 서로 섞여 어우러지며 도도히 흐르기 시작하는 차가운 시냇물을 이른다.

컴퓨터도 인터넷도 없던 1980년 한계령을 설명하는 방법은 정말 어려웠는데 그만큼 배움이 얕아서다. 자연히 내 지식의 한계를 절박하게 느끼게 만들었다.

오색五色으로 불리는 마을은 이 땅에 단 한 곳뿐이다. 오색나무가 마을에 자라서 오색리로 불렸는데, 이 나무는 키가 작았고 마을에서도 지금은 숙박시설이 들어선 자리를 따라 흐르던 아주 작아 골짜기라 부르기도 부족하게 느껴지는 도랑가에 있었는데 1970년대 모두 사라졌다. 바로 그 마을에서 난 태어났고 유년기를 보냈다.

고달픔은 외로움을 느끼게 했고, 다시 그리움을 키웠다. 그 고달픔과 외로움, 그리움은 「한계령」 시의 바탕이 되었다.

아이를 키우듯 조심스러운 마음으로 그동안 쓴 시들 가운데 '한계령'을 제목으로 한 시들만 모았다.

2023년 11월 20일
설악산에서 정덕수

1

한계령에서

2

다시,
한계령에서

3
또 다시
한계령에서

4

그리고,
또 다시
한계령에서

5

가을
한계령

6

나의 어린 시절과
「한계령」을 쓰기까지

1

한계령에서

이제 얼마 남지 않았음을 내가 깨달았다
세상에 마지막 잔 비우고 욕심 없이
바람 없이 잠시 일손 거두고 마실 떠난 어미처럼 가리라
가을 산 붉은 단풍길
소풍가는 아이처럼 콧노래도 부르며

한계령에서 1

온종일 서북주릉西北紬綾을 헤매며 걸어왔다.
안개구름에 길을 잃고
안개구름에 흠씬 젖어
오늘, 하루가 아니라
내 일생 고스란히
천지창조 전의 혼돈
혼돈 중에 헤매일지
삼만육천오백날을 딛고
완숙한 늙음을 맞이하였을 때
절망과 체념 사이 희망이 존재한다면
담배 연기빛 푸른 별은 돋을까

저 산은,
추억이 아파 우는 내게
울지 마라 울지 마라 하고
발 아래 상처 아린 옛 이야기로
눈물 젖은 계곡

아, 그러나 한 줄기
바람처럼 살다 가고파
이 산 저 산 눈물
구름 몰고 다니는
떠도는 바람처럼

저 산은,
구름인 양 떠도는 내게
잊으라
잊어버리라 하고
홀로 늙으시는 아버지
지친 한숨 빗물 되어
빈 가슴을 쓸어 내리네
아, 그러나 한 줄기
바람처럼 살다 가고파
이 산 저 산 눈물
구름 몰고 다니는

떠도는 바람처럼

온종일 헤매던 중에 가시덤불에 찢겼나 보다
팔목과 다리에서는 피가 흘러
빗물 젖은 옷자락에
피나무 잎새 번진 불길처럼
깊이를 알 수 없는 애증愛憎의 꽃으로 핀다
찬 빗속
꽁초처럼 비틀어진 풀포기 사이 하얀 구절초
열 한 살 작은 아이가
무서움에 도망치듯 총총이 걸어가던 굽이 많은 길
아스라한 추억 부수며 관광버스가 지나친다.

저 산은
젖은 담배 태우는 내게
내려가라
이제는 내려가라 하고

서북주릉 휘몰아온 바람
함성 되어 지친 내 어깨를 떠미네
아, 그러나 한 줄기
바람처럼 살다 가고파
이 산, 저 산 눈물
구름 몰고 다니는
떠도는 바람처럼

한계령에서 2

― 타인의 노래가 되어버린

봄엔 산철쭉
가을엔 단풍이 이 마을
이름처럼 고운
산으로 둘러싸인 오색리

마을 터잡이 목수셨던
아버지 지으신 절집
뒷곁에 걸린 승복 두어 벌
어머니 손짓인 듯 정겨운데

아 그러나 그곳은
눈 속에 피는 꽃
얼레지꽃잎처럼
신비로운 내음
까닭 모를 애증

음률도 맞지 않은 가슴속 시어처럼

엷은 구름 떠가는
하늘 닿은 한계령
흙먼지 뿌연 추억은 바람 따라 날아가고
유년의 미끄럼틀처럼
헉헉이며 올라온 차량들이
매끈한 아스팔트 위를
신바람 난 아이들처럼 내달리는데

삼천육백쉰 날 지난 뒤
무슨 생각할까
또 어떤 이야기를 할까
한계령에서

한계령에서 3

― 낙엽 떨어지던 저 능선에 진달래 피면은

1

내 살과 뼈를 발라 쓰는 이야기
여기서 마지막이 아니기를
이미 나는 내 삶의 존재가치를 상실하고
그리웠던 그대로, 즐거웠던 그대로가 아닌
아픔만이 내 영혼을 휘감고
사탄의 속삭임을 듣는다
내가 아니었다
그대 또한 아니었다
내 슬픔은 나만의 슬픔인 채
추억 속에 묻힐 테고
나는 도든 내 주변의 내 것들을 부수고 있구나

오가피나무 가시가 손톱을 휘저어
마치 날카로운 메스처럼
나도 모르는 사이에 내 심장을 휘저어 주기를
차라리 절대 불가항력의 상태에서

오장육부를 발라내어
내 눈앞에 던져 주기를 바라며 살았다
굶주린 짐승의 이빨로 발라낸 살점이
퍼득이며 먹히는 순간
나는 죽기를 바란다
인간의 감성 사이에 놀아나는 내가 아닌
차라리 짐승이 되어 약육강식의 세계에서 희생되기를

2
밤 깊고 비 오는데
눈물 고인 눈 들어 바라보는
술잔 속
그리운 고향 영마루 어리고
시간이 녹아 떨어지고 있구나
아름답고
아름다운 시간 속
안타까운 생명 명멸하고 있구나

아, 나도 이제 저 꺼져가는 생명체 중 하나
오늘 나는 작별을 말해야 하는가
세상사 바람 같은 꿈이었구나

3
담배연기 사이 떠오르는
그 산길 바람 불고 비 오는데
가슴에 못다 한 말
묻어두고 가야 하려나
광포한 비바람 불어
곱던 꽃잎 지는구나
꽃 찾아 날아들던 나비야 너도 가자
저 산 고개 넘어 꿈같은 고향
망초꽃 지기 전에

도사린 뱀처럼 뒤틀린 고갯마루 바람 불어온다
무엇이 목적도 아니었다

이제 영혼이 없는 내 육신을 그대는 보리라
넋 나간 자의 차가운 언어를 그대는 들으리라
이제 그대는
절망이 무엇인가를 만나고 후회할지라도
어떤 속삭임도 하지말라
나는 그대의 음성이 지식의 농지거리로 보이니
가슴이 따뜻하지 않은 언어의 유희
이제 그만두기를

낙엽이 저 쓸쓸하고 앙상한 골짜기 뒤덮어 날리리라
낯선 땅
차가운 대지 누우신
어머니 육신에 뿌려지던 황토처럼

4
비 그친 하늘가 부서진 별
오늘 내 눈을 찌르고

심장을 관통하여 집착을 버리란다
세월이 가면 푸르던 잎 낙엽 지고
세월이 가면 앙상한 가지 새 움이 튼다
말하네
속삭이네
울음을 그쳐라
그리고 뛰어라
바람 찬 대지 박차고 달려라
아, 내가 이제 너를 알겠다
이것이 인생이다
바람으로 흘러가고 구름으로 떠도는 것
물처럼 세월처럼
저 앞에서 달려와 추억 한 자락 남기고 지나가는
그것이 인생이다

산목련 고운 새봄이 오면
진달래 어여쁜 그 봄이 오면 나는 가리

찾아가리 어머니 무덤가 할미꽃 핀 자리
잔 가득 술 부어 고맙다 감사하고
눈물 흘려 인사하리
지나온 세월 둥근 흔적 더듬어
잡초 사이 묻혀버린 사랑 찾아 세상으로 돌아오리
물 같고 바람 같은 세상으로
사랑 한 아름 꺾어 들고
진달래 붉은 한계령 굽잇길
울음 던져두고.

한계령에서 4

— 미래는 알 수 없음에 가치가 있다

나무의 텍스처로
바람의 텍스처로 닮아가기를 바랐다
바람이 불면 바람의 어루만짐에 몸을 맡기고
싫은 내색 없이 새싹이 돋고
꽃이 피고
낙엽 지듯 살고 싶었다
천년풍상 아랑곳하지 않고
제 살과 영혼 온전히 내주어
부드러운 흘림으로 모양 잡히기를

바람은 예외 없이 불고
그 골짜기 비 오고 구름 스쳐가는 오늘도
나의 아버지
아버지의 아버지
그 아버지의 아버지 먼 조상 적부터
전설로 다듬어진 바위 여전한데
소년은 염사念寫된 영혼마냥 울고 있다

진화의 목적을 상실하고
평면구도적 퇴행의 길을 가고 있는 소년
와상은하의 소용돌이에 길을 잃었다

천 년 내리 바람 불고
억만 겁 빛살같이 지나갈 인생
눈물일랑 이제는 흘리지 마라
한 잔 술
한 개피 담배연기 속
분노에 심장 터질지라도
나무같이
바위같이 천 년 먼 후일 내 영혼 닮아가기를
꿈에라도 그려보자

바람이 불어온다
신명나게 한 바퀴 춤사위 허공에 던지자
겁먹은 눈망울 슬픈가 묻더라 저 들풀이

내뿜는 한숨에 꽃이 지잖니
신비로다 다가오는 내일 아침
구름 걷히고 해가 뜨겠지
분노에 심장 터질지라도
나무같이
바위같이 천 년 먼 후일 내 영혼 닮아가기를
꿈에라도 그려보자
신명나게 한 바퀴 춤사위 허공에 던지자

또아리 튼 배암
수풀에서 해가 뜨기를 기다린다
절망은 희망을 노리고
희망은 언제나 절망을 노리고 있다
네가 스스로 이기기를
안개구름 등지고 한 개피 담배연기로 날려라
너에겐 아직 저만큼이나 멀리 죽음이 있잖니
그가 오기 전까진 아직 체념은 어리석지 않니

네가 누울 풀밭은 여기가 아니다
저 시든 풀밭 알 수 없는 미래는 멀고
희망으로 들려오는 노래 신비롭잖니
가슴 따뜻이 하고
네 의지로 일어서 보아라
아직은 많은 날을 움도 트고 꽃도 피어나리니
처량하게 들리던 낮은 곡조의 노래 멎었다
꽃이 지는 날에도 다시 내일을 기약하자
씨앗 하나로 천만 송이 꽃이 피겠지
나비 꿈꾸며 날아들겠지
분노에 심장 터질지라도
나무같이
바위같이 천 년 먼 후일 내 영혼 닮아가기를
꿈에라도 그려보자
신명나게 한 바퀴 춤사위 허공에 던지자.

한계령에서 5

— 가을의 정적을 깨고 피는 꽃처럼

굽이친 산자락 한 모퉁이 새가 날아갔다
하늘에 새가 날아갈 길 있나 보다
멈추지 않는 흐름으로 철이 바뀌어
잊힐까 아득한 저 편
갈바람 전설처럼 불어 풀이 눕고
아, 그만큼만 더 그리웠으면 간절한 바람
거두어드릴 것 하나 없는 세상
어차피 버리고 가야 할 껍질 아니던가
건조한 바람 한 줄기 나무 등걸 스치고
구름 몰아간다
주검 같은 차가운 한기 소스라쳐 돌아본다
저 등걸 칭칭 감아 오르는 넝쿨처럼
한 세상 살고 싶었는데

한 세상 그렇게만 살고 싶었는데
내가 부르는 노래
내가 불러야 하는 노래

육신의 껍질 훌훌 벗어놓고
달 뜨는 동편 산자락 꽃으로 피리라
구절초 쑥부쟁이 서러운 그 꽃으로
달이 지면 목 놓아 울고
서러이 홀로
새날에 새 바람 불어오는 영마루
꽃으로 피어 노래 부르리
인생은 흐르는 시간 속 찰나의 꿈
향 한 촉 사룰 시간 있을까
시간을 어루만져 바람 분다
채 마르지도 못한 나뭇잎 떨어진다

꿈길인가
누군가 발자국 소리 거칠게 지나갔다
두려움에 떠는 밤은 더디 가고
장닭은 잠 깊이 들었는가
새벽은 영 오지 않을까 싶은 밤

성급히 나서 본 뜨락

하늘가 흘러가는 구름

누가 벗어놓은 옷자락인가

이승에 한이 많은 귀신형용인가

아서라 나도 죽어 그리 갈 것

내 가는 그날 구절초 사야 가득 피워라

꽃길 휘적휘적 걸어가 너를 만나 술 한 잔 나누고

짙은 담배연기 내뿜으며 함께 너의 한을 통곡하고

내 고달픈 애를 태우면 되는 것을

이제 얼마 남지 않았음을 내가 깨달았다

세상에 마지막 잔 비우고 욕심 없이

바람 없이 잠시 일손 거두고 마실 떠난 어미처럼 가리라

가을 산 붉은 단풍길

소풍가는 아이처럼 콧노래도 부르며

무엇을 두려워하랴

내가 그곳에 찾아가 노래를 부르면 되는 것을

꽃이 지면 하얀 갈꽃이 지면
그때 노래나 부르면 되는 것을
해가 지면 샛강에 달이 비출테요
내가 육신의 껍질 벗어놓고
꽃으로 피어 노래 부르리
무량하다 생각하던 인생 찰나의 꿈
칭칭 감겨 울고픈 맘 접어두고
바람 부는 산길 넘나드는 잡초인양
스러지리라 비감 고이 접어두고

쑥부쟁이 핀 길섶
구절초를 찾아 나선 아이
꿈이 많아 서러웠을 인생
육신의 껍질 훌훌 벗어놓고
달 뜨는 동편 산자락 꽃으로 피리라
손길 닿지 못할 언덕 위 한포기 구절초로 피어
달이 지면 그리워 애태우고

서러이 홀로 새날 맞는 아침 바람 불어오는 영마루
다시 꽃으로 피어나리
내 삶은 흐르는 시간 속 찰나의 꿈
향 한 촉 사룰 시간 있을까
시간을 어루만져 바람 분다
채 마르지도 못한 나뭇잎 떨어진다.

한계령에서 6
— 마음보다 먼저 앞서 간 발길처럼

모니터 상에 떠오른
수많은 단어들을 일순간 온 자취 없이 지워버리는
Delete 키 같은 행동으로
세상의 보기 싫은 모습들을 지워보려 한다
세상을 신이 프로그래밍한 파일이라면
어딘가 있지 않을까
아주 섬세하고 은근하게 파고들 허점
바이러스를 침투시킬 수 있는 공간이
가까이 다가가서 귀 기울이면
어딘가 전류가 통하는 연결코드가 있지 않을까
누가 저기다 핏빛 울음 토하여 놓았는가
온통 축축한 설음의 빛
살아야 하는 까닭에 부질없이
허점을 찾는 작업을 하고 있건만
눈시울 가득 먹 울음 피고
산정에 단풍만 곱다

온통 오류와 버그로 가득하다고 느껴진 순간

그는 어이없게도 슬쩍 흰 이빨 드러내며 웃고

내 아비 미처 칠하지 못한 단청처럼 새빨간 단풍

서러워 눈시울 붉어진다

그래 이 길이 고향 가는 길이랬다

발 아래 산굽이 흐른 자락 고향이랬다

거기 가면 생의 비밀 풀 수 있을까

얽힌 실타래 풀 듯 할까

전류의 공급원을 찾아내 차단시키듯 할까

말그라니 싱그러운 웃음

그치지 않을 그날이 밝아

그래 거기 새 울고

바람 서늘한 골짜기 맑은 물결 쉬임없이 흐르고

먹구름 사이 애태우던 햇살

비단 같은 빛살을 뿌려줄까

그래!

그 골짜기 구상나무 싯푸르게 살아

동해를 바라보고

한세월 버텨 온 기다림의 흔적

아 그 흔적 겨울 재촉하는 비 뿌리는 날

수묵색 안개 젖어 흐느끼고

산죽 키는 아직도 변함없이 고만고만한데

산꿩 푸드덕이는 날갯짓 소리

마치 세상살이에 지쳐

내 허덕이던 뒤척임인가

그렇게 아파 젊음을 장사지내고

이제 홀연히 천기를 따를 날 기다리네

내 마음 품어 둔 주전골 골짜기 맑은 물결 변함없고

망경대 끝자락 걸린 소나무 한 그루

돌아앉은 동자바위 안타까운 눈치다

내가 먼저 선 내밀어 마음 넉넉히 안아 줄 것을

삐걱거리는 철 난간에라도 던져둘 것을

너의 조그마한 소망 하나쯤 들어둘 것을

점봉산 자락 휩쓸려 바람 부는 탓만 하고

내 손짓이나

속내 모두 부질없어 로그아웃 하고 만다.

한계령에서 7

— 자욱한 안개 속에 길이 있다

종일토록 궂은 하늘을 이고 사람들과
그가 돌아왔다
온통 삭풍 불어대는
서북주릉 더듬으며
껍질 하얀 자작나무 숲 아래
풀이 누웠더라
──공연히 한마디

머쓱했던 탓이려니

비교될 까닭 없는 인생인데
언어의 결핍 탓인가
늘 "무엇, 무엇을 닮았다"느니
변절해 버린 옛 연인 닮은
모진 태양이 숨은 탓이려니
아니, 설악의 바람
예까지 불어 온 탓일 것이야

함박꽃 흐드러지면 갈까나
함박꽃 빛
하얀 눈 내리면 갈까나
시린 칼날 육각 모서리
살 베어 입에 물고
예보다 높이 올라가면
후덕하니 고운 햇빛과
순수 이전의 바람 부는
아, 만날 수 있을까

삭망날 지청 찾아든 망자처럼

무량한 나들이 날실로 놓이고
애 별린 가슴 씨실로 짠 피륙
내 인생 언제나 손 시린
섣달 그믐밤이었다
더디게 가는 시계를 원망커라

뒤척이는 밤마다
적막 · 적막 · 적막
그렇게 허무히 지샌 밤들로 흐른 세월이
하늘 길 향한 계단 이루어
피륙에 순정한 수로 놓였다

애오라지 설산으로만 가는
발걸음 붙잡아 한 사흘 묶어 두었더니
그예 몸살을 앓고
눈앞에 훤히 밝은 설산이 보인다고
사그라지는 정육각 결정들 곱기도 하다
자꾸만 되 뇌이고

내, 어쩌랴
지 팔자인 걸.

한계령에서 8

— 눈 오는 밤이면 그려지는 고향

서울에서 한계령까지 그리움으로 쌓아간 계단이 있다
영 넘어 골바람 찬 날
애틋한 보랏빛 끈 묶은 그리움 한 다발 들고
여물어 터지지 않은 새벽 공기 가르며
달려갈 생각 하나
마음 강에 성에로 끼고 서리로 내린 날
메밀꽃 빛깔의 눈이라 올라치면
보내진 못했던 편지 뭉치 꺼내어 불을 사른다
즈믄 산자락 길 막아 눈이 왔으면
그리움 단절되어 눈이 왔으면
그때 너의 이름 가벼이 흐느낌으로 날려 보낼 것을

부질없는 기다림이 있었기에
지금 내가 너를 노래하는구나
끝내 당도하지 못할 편지를 쓰던 마음으로
내가 너를 노래하는구나
적막한 산굽이 휘돌아 오실 님이 아니었기에

이렇게 서설 내린 소식 전해 듣는 밤
수만 가닥 바람 이어
꿈길인양 노래로 부르건만 어이하랴
그리움이 그토록 아픈 일인 줄 미처 몰랐음을
바람 불고 눈 내리는 굽잇길 스치듯 지나온 날이
가슴에 멍울로 남을 줄이야
굳이 함께 있기를 바랐던 사람 아니었건만
바람 부는 밤 이토록 그려지는 까닭은

바람에 던져두고 돌아왔어야 하는 마음인 탓에
가슴 속 깊은 우울증에 뒤척이다
전혀 생각하지 않았던 뜻밖의 말들로
공허한 웃음 빈 들길에 뿌릴 때
어디 날지 못하고 뒤척이는 참새
잔기침 한 번 들렸던 듯 허망하게 그려보는 고향
그 마음 모두 아흔아홉 켤레 신을 삼아 짐을 꾸릴까
그리하여 황톳길 터벅이며 걸어

아흔아홉 켤레 신이 모두 낡으면 만나질 그리움이라면
꼭 가기로 마음 먹지 않았던 세월이 이리 흘렀다던
쓸쓸한 이야기 흔적 없이 지우고
"이만큼 보고 싶었습니다"
아, 한아름 크게 팔 벌려 보이곤
시든 풀밭 위로 별이 내리기 전
울어야했던 사연 모두 털어놓으련만
삶의 의욕을 상실한 시대를 사는 폐인처럼
마호가니 빛 공원 벤치 뒹구는 낙엽 위로 다시
봄으로 향한 길은 있노라
자작나무 숲에 새겨둔 서걱이는 속삭임 들리는
무수히 많은 시간은 다시 신화가 되고
지상에 뿌려둘 시간의 부스러기마저 신화가 되는 시간
다시 돌아올 수 없는 망명지로 떠나보냈던 네가
오늘 온통 한계령 굽이에 서설로 내렸다 하여
숨 죽여 밟아가는 꿈길이 행복할까
보내지 못했던 그 사연들을 태우고

굳게 걸은 빗장을 풀고 나서 보는 밤
발 밑에 부서지는 시간들을 보았다

내 발 밑에 아우성치며 스러지는 신화들을 보았다.

한계령에서 9

— 아무도 모른다. 얼마만큼 가야 만날 수 있는지를

먼 꿈길 속
산자락 흐르고
그 산자락 사이 물 흐르는 소리 청량한
고향으로 가는 발길들의 부산함
고단한 날갯짓
쉬어가라 붙잡는 바람
고향은 내 심상 어루만지는 바람이었다

아무도 모르는 그 숲 속
가만히 두고 떠나온 시절
그대는 흰 속살 드러낸
바람으로 머물렀는데
나는 마음에 고향을 담고
그대 넉넉히 달빛을 담았어도 아무도 모른다

먼 산 바라보니 절룩거리며 살아온 시간들
산죽밭 스치는 바람으로 울고

이만큼 왔으면 혼돈의 언저리 당도하지 않았을까
가장 먼저 나의 사랑을 보내고
농담을 할 줄 모르는 죽음, 뒤에 세우고
걸어온 길 아스라한데

찰나의 순간이나마
불멸이기를 바랐던 때
네가 곁에 있었고
일순간 방향을 바꾸어
네가 걸어가기 전까지 꿈인 듯 달았다
그래 거기, 오렌지색 구름
보름에 가까운 달

너는 가고
이제
나는 돌아서 웃고만 있다

한계령에서 10

— 별을 바라보면 거기 그의 모습이

먼 꿈길 속 그는
꼭 지금처럼 하얗게 아무 말도 하지 않고
꽃신 신은 발로 고갯길 올라
활~ 활
꽃불 밝히었느니
한 사흘 연이어 꽃바람 불어

남에서 북으로 꽃바람 불고
북에서 남으로 불타는
아, 불타는 가을의 행렬
헤아릴 수 없이 오고 갔는데
모를 일이야 아무도
누가 보내고
누가 불렀던가는

강요되지도
강요받지도 않은 삶이지만

와서 가고 또 돌아오는 계절에도
오지 않는 사람 있어
눈 감아도 지워지지 않는
하얀 꽃 한 송이
찢어진 구름과 구름 사이

고향길 언덕배기 겨울 억새 눕던 날
더 큰 희망으로 몸을 낮추어
대지에 귀 기울여 듣느니
생강나무 가지 끝 꽃봉오리 터지는 소리

아,
산목련 하얗게 웃는 소리.

다시, 한계령에서

모니터에 쓰인 「한계령」 세 글자

뿌연 안개가 몰려온 듯 눈앞이 흐려지는데 그때 알았다

집어등은 고기를 부르는 것이 아니라 고독한 나를

물푸레나무 빛 고향을 미끼로 부르고 있다는 사실

다시,
한계령에서 1

— 수채화 같은 삶이기에 비 오는 날이면

얼마만큼은 좀 더 큰 소망으로
봄 한계령 고갯길을 넘어 볼 일이다
특별할 아무것도 없는
일상의 그 풍경 어쩌면 꿈길 아련한
그러나, 풍부한 고뇌의 결과로 그려진
한 폭의 수채화
그 속으로 걸어 들어가 볼 일이다

한계령은
비 젖은 바람꽃처럼 희미하게 웃는데
찢어지고 부서지는 안개구름
안·개·구·름
감싸는 그 산자락 사이
아직은 추억처럼 무정한 굽이길
훨씬 더 행복한 몸짓으로 맞서고 싶다만

한계리쯤에서 쳐다본 산자락
애증과 분노를 매듭지어
작지도 크지도 않은 그대로
알맞게 가르마를 타놓고
간간 속내 드러내 보이는데
장수대 지날 무렵 문득
'말을 걸어왔으면 좋겠다' 라는 생각도 하고

전혀 익숙하지 않은 언어로 네가 말을 걸면
여행길 떼 절은 행장 그대로 잠이 들 듯
아무렇지도 않은 표정
뿔뿔이 흩어질 언어, 그러나 편안하게
'그냥 그런 대로 운이 좋았어!'

우리 사는 세상 수채화같이
나름대로 고운 빛깔이기에

봄비 오는 날이면 한계령 그 어디쯤
머물러 잠들고 싶다.

다시,
한계령에서 2

— 누구라도 한계령 그 고갯길에 서 보면

안개비 뿌리다 갤 때 즈음하여
간절한 마음으로 한계령에 서 보라
누구라도 뜨겁게 울고픈 맘 되어
멀리 떠난 옛 사랑이라도 있었다는 듯
싯푸른 물푸레나무 가지 되어 휘청거릴게다
새벽이 지나고 저녁이 오는 시간
소란스러움이 잠들어 가면
어쩌면 울고 있을 너를 바라보는 구름
그 순간 거짓말처럼 별이 돋고
한 가지만 생각하는 버릇에 길들인 단순한 내가
안타까운 연민의 미소로 너를 안겠다

한계령 굽인 거친 숨 몰아
아직 갈 길 멀다 꿈틀거리고
동해 바닷가 집어등 하나 둘
무언가 다른 희망으로

무언가 보다 큰 소망으로
몇 년 전 바다로 가서 돌아오지 않는 사람
기다리는 아낙처럼 팽팽한 긴장으로 점등하고
그 불빛 넘어 아직 여물지 않은 꿈
몸속 깊은 곳으로부터 울리는 간절한 소리

익숙한 것은 아무 것도 없고
익숙하게 연습되어 있는 일 없는 세상살이
그리운 한계령 고개에 서면
미래의 내 아픔이
나뭇가지를 흔들어 거칠게 통곡하고
다시는 울지마라
울지말아라 통곡하고
한꺼번에 호의적인 미소를 만나게 되리

아주 가끔은 악몽처럼 희망이

울게 하는 날
별이 돋기 전 한계령 마루에서
집어등 아련한 동해를 바라보라.

다시,
한계령에서 3

— 집어등은 고기를 부르는 것이 아니라 고독한 나를…

산에 오르고 싶은 날이면
바다를 바라보는 버릇이 생기고
한계령 마루에 서면
동해가 그렇게 보이겠거니
갈망하는 그 무엇 때문에
습관처럼 랩톱에 전원을 넣고
흐려 바다가 보이지 않는 날
바람이 머리카락 헤치는 줄 모르는
소녀처럼 키워드를 입력하고
모니터가 열리길 기다리며 마우스를 흔들어댄다
내게 이런 이상한 비밀 하나 생기고부터
휴게소 자판기에서 뽑아든 커피처럼 언제나
그렇게 그곳을 찾아가는 발품을 팔지 않고부터
손톱 끝 피가 맺히게 두드려댄 자판에서
해풍이 불고 비린내가 풍기면 적당히 만족하는 두 눈
모니터에 쓰인 '한계령' 세 글자

뿌연 안개가 몰려온 듯 눈앞이 흐려지는데 그때 알았다
집어등은 고기를 부르는 것이 아니라 고독한 나를
물푸레나무 빛 고향을 미끼로 부르고 있다는 사실
왜 한계령 고갯마루에 서면
동해가 거짓말처럼 열리고
집어등 밝은 고깃배 줄지어 떠 있는지를.

다시,
한계령에서 4

— 가슴 절절한 그리움으로 부르던 노래

차가운 허공 가르고
내뿜은 한 모금 담배 연기
흩어진 산자락 가득히 해가 뜨고 진 골짜기
스쳐가는 바람에 마음 얹어두었네

꽃이 언제쯤 피려나?

아직은 눈이 얼마간 더 올 것 같은 하늘과
시샘 거친 산자락 떠도는
내 영혼 붙잡는 이 없는 야속함을
그리움이라 불러
조각배 닮은 달빛 닫힌 창 너머로 보니
내 속에 너는 바람으로 불고
항상 아리기만 하여 때로 숨죽인 흐느낌
접동새 소리로 가슴 후벼대는데
늘 흐느끼는 목소리였기에 너에게 미안한 마음

혼자 속으로만 간직하여 혹시라도
널 아프게 하였을까

이제 추억은 어렴풋하고
아련한 봄 꿈 꿀 시간
새순 돋는 생강나무 가지 끝 꽃봉오리 하나
조금만 더 해체된 시간 비워내면
봄 들에서 노랗게 웃음 터뜨린 널 맞을 것이다

꼭 필요한 만큼 부드러운 시간
노랗게 터뜨린 웃음이
어렴풋한 추억으로 하여 비었던 들
가득히 채워 번지겠다.

다시,
한계령에서 5

— 기다렸다. 저 들길에 눈물보다 고운 4월 진달래

차가운 하늘 가르고
꼭 바보같이 울기만 하였어
내뿜은 한 모금 담배연기가 그려낸
곧 지워질 세상
꿈속에 어린아이로 항상
바보같이 울기만 하였어

애틋하게 바람꽃 핀 세상
스쳐가는 바람결에도
촛불 한 가락으로 흔들리거니
어느 쪽 바람 막을까 몰라
망연히 떨고 있는 아이

눈물 보다는 4월 진달래
그 빛으로 웃으며 봄 산굽이
고요히 적시는 이슬비

이슬비에 새움 틔우는 나무
한 몫에 이 모든 걸 돌의 심장에
마지막 말 새기듯 다 안을 수 있을까

천둥 같은 소리로 한계령 가로질러 달려오는
봄 빛 이구나
발끝으로 달려와 머릿속 휘어 감는
아, 눈물보다 고운 4월 진달래
수줍은 봄빛이구나.

다시,
한계령에서 6

— 여기 구름이 머물렀다고 하여

먼데 산이 졸고
구름이 잠시 머물렀다 하여
행장을 잠시 맡긴 나그네처럼 같이 하였을 뿐
영영 이 고갯마루에 맡긴 것은 아니다
한계령은 아무 욕심도 없이
구름을 잠시 맡아 주고
바람을 잠시 쉬게 하거니
한결같이 아무런 욕심도 없다는 걸
그를 믿고 떠나야 하는 나도
한때나마 사랑의 열병을 앓은 적이 있었던가
눈썹달에 젖은 길에 서서
아픔에 무너지는 하늘에 기대어
한아름에 포옥 안기지 않을 그런 사랑에 울었던 적 있는가
돌이켜 더듬어 보았을 때 높이 하늘거리는 바람이나
무심한 듯 흐르는 구름 대답이 없다

산 아래 마을 봄바람 분다고 해가 가까운 이곳
더 일찍 봄바람 불리라는 생각이 틀렸음을
그대 오르기 전에는 확인할 수 없듯
열병을 앓은 자 열병의 모니터하여 두었고
그저 잠시 감기 앓듯 하였던 자
그게 다인 줄만 아는 것을
쓰거운 인생 달콤한 것인 양 꾸민 얼굴로
하늘 무너지는 아픔은 없다고 믿을가
피곤에 지친 저녁 고민할 필요 없이
산죽 휩쓸고 지나가는 네 거친 숨결에
잠시 몸을 맡기고 흔들리련다

오늘도 구름 지나가고
바람 스쳐가는 한계령 마루에
잠시 몸을 맡기고 흔들리련다.

다시,
한계령에서 7

— 찔레꽃 피면 고향길 나설까

멀어 가지 못하는 것 아닌데
그리워 사무침 아닌데
여기 쓸쓸한 향수의 노래
어느 먼 동네 떠돌다
구석진 마음 한켠에 고인 양
계절의 변화를 잊고 늘 한 목소리로 부르는가
세월 이만큼 흘렀구나 가끔 자각하는데

원소기호로서의 물이 아닌 자연 그대로
내 마음을 타고 흐르는 혈류 같은 물줄기 있어
인생이란 항상 새롭건만
마음은 찔레꽃 흐드러진 고향 그리워
물결 재잘거리는 소리 환청으로 듣는구나
흘러 돌기에 순수한 생명
고여 썩어지는 물보단
흘러 고달파도 영원한 순수가 그리워

나는 여기까지 흘러왔고 또 흘러갈 것인데
귀류 보이지 않아 서글퍼

찔레꽃 피면, 찔레꽃 피면은 돌아갈까
돌아갈 수 있을까 새암에서 내로
내에서 강으로 바다로 떠났던 물이
흘러 돌아 기어코 새암으로 돌아오듯 그렇게
돌아갈 수 있을까
돌아갈 수 있을까 찔레꽃 피면.

다시,
한계령에서 8

— 오색 달맞이꽃에게

가슴 아파하지 마라
너의 고통이 더 아플 것인데
몇 방울 눈물로 지울 수는 없잖니
달이 없어도 밤이면 피어나는 운명
누가, 너의 그리움
절대 산정에 오르라 하는지
울어라 속삭이는지 몰라도
꽃망울 터뜨려 해사하게 웃기만 하여라

다만 그리움으로 충만한 밤
한낮의 몽상은 계속되고
이윽고 팽창하여 톡톡 가슴들을 여느니
이상한 꿈을 꾸는 아이처럼 순수의 달빛 아래
네 눈물 바다에 익사하는 내가 있다

잠과 꿈이 교차하여 환각으로 다가서고

물결 흐르는 골짜기마다 아우성 그 속
지긋한 눈을 지닌 노인의 음성으로 이야기를 나눌 시간
꽃이 피고 꽃이 지는 순간에도 가까워지고
너는 피면서 비로소 달맞이꽃인걸
풀꽃으로 피었으되 짓밟히지 않았음이 고마워라.

다시,
한계령에서 9

— 추일연가秋日戀歌

아주 적당한 때를 알고
밤 그늘 드리웠는데
끝도 없을 것 같던 여름
끝자락 물고 돌아와
산자락 가득 이야기 풀어놓는
가을빛 나그네

나면서부터 바빴던가
갖고 온 것은
온통 모난 그리움이라

가을빛에 태운 흔적들
이토록 아린 건
온통 너에 대한 별 같은 마음
끌어안고 구르는 산길이라
미리 두렵게 느꼈던 때문이다

짝 잃은 날짐승 처연한 울음을 들었기 때문이다
여름내 무성했던 인가목 줄기 끝
온통 맑게 맺힌 눈물도 어딘가에서
목메어 부르는 네 슬픈 노래일지 몰라
무서리 내린 하루 청봉 바라보고
무엇인가 시작되었던 자리가 벌써
그때 거기가 끝자리였던 걸

가을이 타고 재만 남기 전
바람으로 찾아가는 그리움의 길목엔
구절초 쑥부쟁이 무심히 피고 진 고갯길
어제의 바람이 가고
오늘의 바람이 가고
내일의 바람이 갈 고갯길.

다시,
한계령에서 10

누가 지친 가슴 끌어안고 울고 있나
끝내 낙엽으로 날릴 생명 부여안고
절벽 아래 아래로 향하던 그리움 이었을까
은밀히 주고받던 말이라도 있었을까
노을이 젖던 한계령 마루를 감고 눈구름 드리웠는데
바람은 갈 길 잊은 양 멎은 시간
막걸리 사발로 옮겨가던 손끝이 시리다

추억을 만들며 세월이 이만큼 흘러
사랑을 잃은 이들이 우는 계곡마다
눈이라도 내렸으면
마른 풀잎 시름없이 누워
몇 개의 별
내 영혼을 위하여 오늘 하늘에 뜰까

헝클어진 머릿결마냥 오늘 슬픈 하늘에

내 가슴을 타고 흐르던 이야기 모두
흘러 바다로 갔을 시간
아직도 많은 이야기들
깨달을 시간 허락지 않고 왔다 가련만
맨 처음 나는 등선대 첨봉 잉잉 우는 바람이었고
메아리였고

어설피 타다 만 노을마냥
수없이 지르다만 소리 소리들
누가 또 멍들어 울고 있나
한계령 굽잇길에서.

3

또 다시 한계령에서

그대 발자국 소린가 싶어
눈길 가 닿는 자리 모두
그대 기다리는 시간
약속한 적 없다만 미리 이곳에 앉아

또 다시
한계령에서 1

— 날마다 수심이 깊어 인생이란다

첫눈 내리던 날
바람 한 올 무심히
쓸고 가는 한계령
누군가 날 그릴까 싶어 올라보나
해맑던 얼굴 그렸던 마음에
흔적 하나 남기지 않으시고
어디 먼 길 갔는가.

세상 무던한 삶들
일순간 한줄기 바람으로
스쳐가지 않았으랴만
기억시킨 흔적 하나 없어
오히려 고독이 사랑스러운 곳

마음을 달래 씻을 길 없는 이들
찾아와 통곡하던 날

저마다의 추억 그리는 하늘엔

별이 뜨고

새가 날고

날마다 수심이 깊어 인생이란다.

또 다시
한계령에서 2

무척이나 그립던 이
만난 듯 그리 반가운
아, 활짝 웃는 날
눈부시게 고운 날
깊은 가슴 속 간직하였던
소망 하나 꺼내본다

뉘 들을까 속삭이고 싶은
사랑의 은밀한 이야기처럼
가만가만 속삭이고 싶어

별빛처럼 눈부신 하늘
그만큼만 터질 듯 아슬아슬하게
물결이 바람에 일렁였으면
다 하지 못한 이야기 가슴에 묻은들
덜 아프지 않으랴

미친 듯 봄이 터지는 날
아린 가슴 보듬어 나선 길
누군가 성큼 내 젖어 드는 품 안에
말로 다 하지 못할
그런 소망 하나
씨앗 뿌려 주었으면.

또 다시
한계령에서 3

약속한 적 없다만 미리 이곳에 앉아
그대 기다리는 시간
눈길 가 닿는 자리 모두
그대 발자국 소린가 싶어

목련이 툭툭 지는 밤에도
젊음이 겨운 영혼들은 잠을 설쳐야 했건만
피어나기 시작하는 숲 스치는 바람
지키는 파수병들처럼 꼬박 뜬눈으로 지새우는 밤이면
울컥울컥 충분히 분노한 고통들이
후줄근 땀 젖은 몸으로 술잔을 들었던 듯싶은데

오히려 영롱한 눈빛으로
내 가장 맑은 정신으로 맨 처음 그대 마중하리니
호흡 가쁜 기다림의 흔적 위
부드러운 그대 향香 취하게 하여

오롯이 느끼게 하여주오.

그대는 꽃빛으로 오시기에
어느새 저 멀리 떠날까 두려워
잠 설쳐 미리 기다리는 맘
성급했다 꾸짖지는 말아주오.

또 다시
한계령에서 4

그때 누군가 쓰라린 이별의 시간
하염없이 흘렸던 눈물
이제쯤 꽃으로 피었을까
그 언덕 양지바른 곳에 가면
아지랑이 아득케 하는 이 길
아련한 회상의 궤도로 접어들면
아직 다 하지 못한 이별의 노래 봄빛 타고 들려올까

내 귓가엔, 아직 소리로는 들리지 않건만
믿음의 마음 자락 헤치면
거기 붉은 꽃으로 피지 않았을까

늙어 생을 마친 이름이라도
한순간 다 하지 못한 정담情談들
진득하게 눌러 붙은 마음자리
이 봄, 온통 핏빛 붉은 꽃으로 토해놓지는 않을까

할미꽃 핀 언덕에 서면
무언가 하고픈 말 많을 듯하건만
망연히 먼 산만 바라보다
헙헙하게 돌아서는 그대
답답한 가슴 숨긴 뒷자락
오늘, 내 모양이 꼭 그렇지나 않을까.

또 다시
한계령에서 5

봄꽃이 이미 지는 길
혼자서 찾아 온 길손
봄꽃이 피었느냐 물으면
무어라 대답 할까요

먼 산에 오르면 거기쯤
봄꽃이 그댈 기다린다 하려니
지친 그의 몸 먼저 눈에 들어
차마 말하기 어려워 여쭙니다.

고달픈 세상길
봄꽃 하나 찾아온 길손
상냥하게 굴지 못한 죄
누구에게 용서 받을까 몰라
무슨 꽃을 찾느냐
대답 대신 하였답니다.

적막하였던 들녘엔 다시
봄은 지고 녹음 짙어 가는데
길 모르는 내 앞에 놓인
수많은 갈래길
대체 어디로 가야 한단 말이냐
오늘은 내가 묻습니다.

또 다시
한계령에서 6

― 그대, 그리운 건 내게서 멀리 있기 때문이다

먼 길 떠난 이처럼
늘 그대 절절히 그리운 건
들꽃 향기 그윽한 이 계절
내 홀로 그대를 기다리기 때문이라
간절한 눈빛 사무친 까닭이라
폭풍우 거침없는 계절
내 마음 그를 닮아가네

하늘가 떠가는 구름처럼
한 아름에 포옥 안고픈 마음 간절하건만
어찌할 수 없음에 이 밤 홀로 부르고

그대, 그리운 건
내게서 그대 멀리 있어
들꽃 향기 그윽한 이 계절
내 홀로 그대를 기다리기 때문이라

간절한 눈빛 사무친 까닭이라
폭풍우 거침없는 계절
내 마음 그를 닮아가네.

또 다시
한계령에서 7

불러 본 적 없다 하였건만
부득부득 불러 보란다.
한계령 노래 원작자가 그것도 못 하느냐.
세상 참 제목 잘못 붙여 놀림당할 일 두려운데
바꿀 길 없는 제목인 줄이나 아는지
내 삶의 그 어느 한 때로만 돌아갈 수 있다면
당연히 먼저 한계령에서가 되었어야 할
사연 많은 한계령에서 누군가의 말처럼
'내 탓이요.' 하려니
그도 궁색하기 그지없음은 내 모습 그대로

오가피나무 가시가 손톱을 휘저었단 시어에
오가피나무에 가시가 어찌 생겼냐는 사람
그 말 서글퍼 메스처럼 가슴 휘졌는데
또 한 해 저무는 길목
향리鄕里엔 여전히 이름처럼 고운

오색단풍 물결이 진저리 치고
삭이지 못할 한(恨) 묻어두고 떠난 이들
산자락 어느 모퉁이 새처럼 날지 않을까 싶어
문득 돌아보건만
바람에 우수수 지는 나뭇잎들
부치지 못한 연서처럼 은근하기만 한 한계령 가을
그리움이 그만큼 깊었는가.

또 다시
한계령에서 8

누군가의 간절한 염원이랴
안개로 잠든 듯 아스라이
거친 바람에도 떨어질 줄 모르고
가지에 매달린 나뭇잎 마냥
아무도 모르게 마음으로만 떠올리면
서러워지는 고개 한계령인데
누군가의 주변인이 되듯
단순한 구도 속 마냥 서서
고사목 하나 대신 하여도 좋을 마음으로
한달음에 오른 한계령
호들갑스런 여행객 누군가
타인의 노래로 불려진 노래 흥얼거렸다.

"저 산은 내게 오지마라
오지마라 하고~"

'온종일 서북주릉을 헤매며 걸어왔다
안개구름에 길을 잃고'는 어디가고
더더구나 답답한 일
'저 산은, 추억이 아파 우는 내게
울지 마라 울지 마라 하고'는
여전히 안개구름에 헤매는가.

또 다시
한계령에서 9

돌아가고 싶다던 바램
간절하던 때가 아름답다
갈망하던 일 이루었을 때
부여잡은 허망함
누가 미리 일러 주었더라면

돌아가고자
마음먹었을 때만 하여도
얼마쯤은 행복하다
돌아와 찾은 만큼
다시 잃어버린다는 질서를
누군가 미리 가르쳐 주었더라면
허망함이
이 낯설음이
얼마나 참담한지

아무도 모르게
밤 강변에 나가
슬픔을 헹구고
그 슬픔이 흘러
바다에 이르러 통곡하는 날
죽음을 무릅쓰고
연어가 돌아오고 있었다.

또 다시
한계령에서 10

산이 계절을 지켜
가을빛 충만하더니
불현듯 몸을 비워내고
찬 서리 한 조각 자락에 품었는데
얼마쯤 남겨진 가을볕
바람결에 흘려보내고
쓸쓸함으로 가득 찼다

길은 여전히 열려
누군가 오고
누군가 떠나가는데
낡은 수첩 속
여정에서 품었던 다짐들
낙엽 빛으로 바래가는 날
근원이 모호한 서글픔에
침묵으로 넘고 넘을 한계령

아련한 꿈길에서
그립다 하던 말
모양을 알 수 없는
평면 구도로 자리할 즈음
생이 입체감을 잃어 가면
다시 그리워질 한계령.

4

그리고, 또 다시 한계령에서

돌아가고 싶다던 바램

간절하던 때가 아름답다

갈망하던 일 이루었을 때

부여잡은 허망함

누가 미리 일러 주었더라면

그리고,
또 다시
한계령에서 1

는개 내린 한계령 고갯마루에 바람 한 올 만큼이라도
네 상한 영혼의 노래 두지 마라
호된 바람 부는 날 지나는 길손 마음 베일까 두려우니
시린 마음 덜러 오는 이 있거든
홀로 하늘을 나는 조각구름 보여주어
세상의 쓸쓸함이 보잘 것 없음을 알도록
친절한 음성으로 가르쳐 주었으면
얼마쯤 따스한 위안 받아 웃음 담으리.

한계령 마루에 서면 동해가 환히 열린다는 이야기
절절한 아픔으로 통곡하는 이 찾거든
동서를 넘나드는 바람아 일러주어
출렁출렁 해구를 감싸는 넓은 가슴자락 기대어
끝내는 울음이 마른 맑은 눈빛 가득
동해의 맑디맑은 바닷물 빛을 담아 상하여 서러운 마음

물결 일렁이는 바다의 내음 넘치리.

는개 내린 한계령 고갯마루에
바람 한 올 만큼이라도
네 상한 영혼의 노래 두지 말고
다만 동으로 품 넓은 바다 있음만
바람결에 일러두오.

그리고,
또 다시
한계령에서 2

바람으로 날려 와
마음자락에 머물던 흔적
어디 있을까 찾는 맘
거친 호흡 몰아
산 길 돌아갔는지
꽃잎만 지는데
하늘 바라보는 시선
너무 허망하여라
내 맘에 그대는
봄빛 끌어온 한 조각 결 고운
그런 바람이면 좋겠어.

굽이굽이 이 길
마다하지 않고 온 마음
모르는 척 그냥 갔으니

나도 외면하고 온 길 돌아 설까봐
구름이 스치는 한계령 고갯마루
가슴 너무 시려라
내 맘에 그대는
봄빛 끌어온 한 조각 결 고운
그런 바람이면 좋겠어.

그리고,
또 다시
한계령에서 3

누군들 세상 떠나고 싶었으랴

가끔은 처연한 이름 끝이거나
어느 외진 곳 사는 이
간절한 염원으로 피울
절절한 시 한 줄이고 싶었을 때도
삭이지 못한 분노
찔레꽃 피듯 일고

잠시 떠나온 곳
곧 돌아가리라 하는 맘으로
세상 머물던 이 꿈 자락 한 컨
혹은 상념을 떨친 바다 위
날기도 하였으련만
아무도 눈길 하나

잠시, 줄줄도 몰랐는지

아주 잠시의 시선만으로
충분히 행복했었을 이름들 위
날리는 눈발
찔레꽃처럼 서럽게 날리는
아~, 저 희디 흰 눈발.

그리고,
또 다시
한계령에서 4

오래토록 아파하던 서러움 하나

한마디 말 없는 당신 앞에 내려두고

그토록 애끓던 쓸쓸함도 당신께

맡겨 두고 돌아서는 길

언제 당신이 제게 사랑한다 한 적 있나요.

언제 당신이 제게 용서한다 한 적 있나요.

묻고 또 물었지만 여전히

대답 없는 당신을 생각하며

노을빛 밟아 돌아오는 길

무언가 못 할 일 저지른 듯싶어

눈물 한 줌만도 벅찬 당신 앞에 말이지요.

생각하니 내 아파하던 서러움도

한마디 말 못하신 당신을 그리워한 죄

그토록 애끓던 쓸쓸함도 당신을

내 가슴에 담고 온 내 잘못

내 먼저 당신을 사랑한다 한 적 없었어요.

내 먼저 당신을 용서한다 한 적도 없어요.

그걸 이제야 깨닫고 보니

대답 없는 당신을 생각하며

노을빛 밟아 돌아오는 길

무언가 못 할 일 저지른 듯싶어

눈물 한 줌만도 벅찬 당신 다시 그리워요.

그리고,
또 다시
한계령에서 5

환청처럼
들려오던 소리

한계령 마루
어르던
바람이었을까

언제나 아련한 목소리 하나 얹힌
겨울나무 가지 사이를 헤치고
말간 달빛을 품은
저리 쓸쓸하게
날리는 구름 한 조각
바람의 형상 닮았음을
이제야 알겠다.

그리고,
또 다시
한계령에서 6

지난 밤 푸른 달빛이
시린 숲으로 찾아들었을 때
흐느끼던 바람이 꽃으로 핀 모양이지

아름드리 신갈나무숲
단풍나무 아래 진달래
크고 작음의 차이 없는 호흡의 흔적
바람의 꽃이 된 게지

곱던 꽃빛 풀들의 사각거리던 음률
칠흑의 어둠 속에서
달빛 길어 꿈을 노래한 모양이지

상처 깊은 가슴 어루만지던
너의 두 손 참으로 따스하였으니

자상한 숨결로 속살거린 흔적
견고한 외로움을 되새김질하는 시간
흰 꽃, 저 흰 꽃들이 처음으로 날개를 편 새처럼
내가 네게로 시선을 돌릴
이유 하나 있다는 여지를 주려는 게지

달빛 시린 밤, 꽃들을 피웠던 게지.

그리고,
또 다시
한계령에서 7

한계령 산새 소리
그리운 곡조를 담고
시냇가 버들가지
봄 햇살 손길 담을 때
청봉의 시린 바람
숲길을 홀로 지나네
청봉을 넘은 산바람
봄 물결 어루만지네.

팽팽하게 당겨진 선율
천중天中을 갈라 흐르고
깊은 숲 옹달샘
조용히 대지를 깨울 때
가슴 푼 따스한 남풍
숲길 더듬어 오르네

천중을 가르던 선율
꽃물결 어루만지네.

그리고,
또 다시
한계령에서 8

한 올 바람 되어 늙은 소나무 안으면
몇 갑자인지 아득한 먼 적부터
변치 않은 따뜻한 약속 전해 올까

여린 음조로 구름을 불러
참으로 모질게 아픈 산들과
그 산의 나무들에
희고 흰 흔적 한 소절
훗날을 위해 새겨볼까

산을 넘는 구름은 걸림이 없고
숲을 가르는 바람 흔적 없으니
그저 흘러가는 저 물결에
오래 함께 머물고 싶었던 이름들
자라고 꽃이 피었던 시절이 다시 또 시들어 스러지듯

가고 오는 날과 날들 사이
그럴싸하게 미소 지어 보이고
영 못 잊을 기억 인줄로 믿게 하면
먹 내음 선연한 추억은
다시 또 여기 새겨질까

먹 내음 선연한 추억은
다시 또 여기 새겨질까.

그리고,
또 다시
한계령에서 9

— 한계령 겨울나무에게

조금만 더 비추면 좋겠다 싶던
짧은 오후 햇살 은근히
마른 잎 하나 간직하지 못해 가난에 익숙한
한계령 산자락 겨울나무 가지 끝마다 매달리니
비로소 완성되어 반짝이는 빛의 두께

시리고 찬, 바람도
날카롭게 울어대던 눈보라도 견뎌내던
졸참나무 털진달래 가지마다
눈부시도록 환한 겨울 꽃으로 피어난다

잊혀질까 두려워했던
잊힐까 가슴 조이던 조바심 탓에
아득히 잊었던, 잊고 있던 막막한 그리움 하나
풍경 속에서 온전히 세상으로 나선다

사소한 기다림 하나도
아직 명료하게 정리되지 못하고
세상 소음에 여전히 흔들거리는데

넌 이미 알고 있었구나
겨울 한계령 나무는.

그리고,
또 다시
한계령에서 10

가슴 저리도록 수줍게
봄이 피는 길목에 강을 건넜습니다.
그대에게로 가는 차편은 없지만
봄으로 향한 정거장에서 난 여전히
그대에게로 갈 차편을 알아볼지 모릅니다.
온 산이 저토록 수줍게 홍조를 띤 걸 보면 분명
당신도 내 맘 아시는 까닭이지 싶은데
단 한 번도 당신 입으론 '사랑한다.'는 말씀 없어
확신이 없는 불안감에 뒤척이는 마음결이지만
그때도 변함없이 내 가슴속엔 온통 당신에게 향한 열정으로
번민을 모르는 여인 같은 봄빛이 서럽습니다.
그대에게로, 조용하고 더럽도록 질기고
끈질긴 여정의 끈을 늘이고 있습니다.
어쩌면 오기는 더디고 떠나긴 바쁜 걸음이듯
내, 그대에게 보낼 수 있는 사랑 편지는

어긋난 길에서 다시 만날 기약 없이
두 갈래로 나뉠 수밖에 없는
그런 물길일지도 모르지만 가만 돌이켜 생각하니
모두 부족한 제 불찰입니다.
결론적으로 열망 같은 나의 절대고독은
회색빛 새벽, 황사 속에 트는 먼동과 같습니다.
아무리 냉정하게 인식한다 해도
어쩔 수 없는 한 자락 이 마음을 그대는

모른 척 할 수밖에 없다는 걸 내 이미 아는 까닭에
더는 간절히 부탁을 드릴 용기도 없습니다.

바람 불면 부는 대로 버려두세요.
내 서러운 발길에 바람 불면 부는 대로
그냥 모른 척 버려두세요.

봄 저녁, 진달래 핀 산자락에 노을이 붉습니다.
바람이 불어 바람꽃을 피울 테지요.

5

가을 한계령

눈물도 말라버린 가슴팍에
흔들거리며 지워지는 풍경
그래 설까요 어머니
명치끝이 참으로 서럽게 아파요

한계 寒溪

― 9월의 편지

지나온 시간이 험하다 느껴질 때
남은 날들에 대한 소중함으로
지는 노을을 바라보면
아직은 채울 여백이 많다는 사실 얼마나 따뜻한가?

그런 감사의 마음으로
잃어진 시간 속 누군가에게 불현듯 편지를 보내면
수수한 가을 내음 함께 하지 않을까

아직은 설익은 인생인 탓
바삐 가는 세월이건만
느리다 말 하였던 날들 부끄러워
작은 목소리로 자책 하고만 9월
이 한계의 일몰 너무도 미안하여
유유히 바다로 향하는 강물에
무언가 쓰려던 마음 가만 놓았네

구름이 지나고 난 여백
바람 한 올 채우면 행복한 마음
추억의 잔에 채워진 술 한 잔
얼마쯤은 남은 때문일까.

가을 한계령

— 낙엽 지는 날의 엽서

멀리 떠나지 않아도 문득
그리운 사람 있다는 듯
서러운 마음 일렁이는 물결 되어
엽서 한 장 쓰고 싶지 않으랴

그리움이 깊지 않아도
무한의 세계 저편 아득한 나라
은원恩怨 하나 없이 살
어진 이 기다리기라도 하듯
향내 나는 엽서 한 장 띄우고 싶지 않으랴

적당히 물기 마른 나뭇잎 빛깔로 쓰여
계절을 태운 낙엽 빛 목마른 향 짙게 배었을 게다

무던히 고단한 날
가을이 아직은 남은 까닭에
얼마쯤 누군가를 막연히

그리워할 수 있음 아니랴.

한계령에서

어머니 여기 명치끝이 너무 아파요
발아래 아득하게 텅 빈 허방에 혼자 섰나
쓸쓸함 가득 찬 가슴이 너무도 아파요
어여 오라 손짓만 그리도 야속하게 허허로운데
수천수만 걸음 걸어왔어도
여전히 아득한 거리 눈물겹게 낯선 바람 불어요

눈물도 말라버린 가슴팍에
흔들거리며 지워지는 풍경
그래 설까요 어머니
명치끝이 참으로 서럽게 아파요

잠 깨면 답답하던 꿈자리 벗어나듯
그렇게 이 아픔 꿈이었으면
매서운 칼바람 훈풍인 듯 잡아주던
정 가득 담긴 손길 아련해
어머니 명치끝이 참으로 시리게 아파요

한계령 상고대

먼 곳에서 깊은 침묵의 밤을 보낸 햇살이 산을 타고
산을 타고 아래로, 아래로 향해 내려오기 시작할 때
빈틈 하나 없이 그토록 흠뻑 스며들었던 안개가
슬며시 자리를 털고 일어나 길 떠난 나그네처럼
자취도 없이 물러나고 곧 놀라온 모습이 펼쳐져
그 누가 깊은 밤, 모두가 잠든 그 깊고 깊은 밤
이토록 눈부신 새하얀 꿈을 그리고 펼쳐놓았나
새하얀 빛들이 반짝거리며 살랑거리는 모습에 취해
나는 그 길을 걸어가며 신선한 새 꿈에 잠기려 하네

빈틈 하나 없이 그토록 흠뻑 스며들었던 안개가
슬며시 자리를 털고 일어나 길 떠난 나그네처럼
자취도 없이 물러나고 곧 놀라온 모습이 펼쳐져
그 누가 깊은 밤, 모두가 잠든 그 깊고 깊은 밤
이토록 눈부신 새하얀 꿈을 그리고 펼쳐놓았나
새하얀 빛들이 반짝거리며 살랑거리는 모습에 취해
나는 그 길을 걸어가며 신선한 새 꿈에 잠기려 하네

그 가을 한계령

그대 마음 그대로 그려놓았겠지
그날 그 시간 그대 마음 그러했겠지
세월이 흘러 이제 온전한 제빛을 찾아
천상의 물감으로 여기 붓질을 하겠지
높은 격조의 극치를 이루려 다시 또 희디 흰 빛
찾아 가는 길에서 잠시 멈추었겠지
눈 감아도 황홀한 가을빛 절로 취하겠지

작정하고 배치한 구도 아니었을 점이 선이 되고
선이 면을 이루어 공간을 가득 채우나니
젊었던 어머니 그 밤만큼은 슬펐을 일인데
젊었던 아버지 몇 숨이나 참았을 슬픔인데
그 슬픔과 슬픔이 넘치던 시절
이런 빛인 줄 미리 알았었겠지

그대 마음 그대로 그려놓았겠지
그날 그 시간 그대 마음 그러했겠지

세월이 흘러 이제 온전한 제빛을 찾아
천상의 물감으로 여기 붓질을 하겠지
높은 격조의 극치를 이루려 다시 또 희디 흰 빛
찾아 가는 길에서 잠시 멈추었겠지
눈 감아도 황홀한 가을빛 절로 취하겠지

나의 어린 시절과
「한계령」을 쓰기까지

6

나의 어린 시절과
「한계령」을 쓰기까지

    특별히 근사할 거 없는, 하지만 기회가 주어진다면 언젠가는 밝히 겠다고 생각했던 「한계령」이란 시들을 쓰게 된 이야기를 풀어보겠 습니다.

    "어떻게 18살에 그런 시를 쓸 수 있어요? 정말 신기해요"라는 분 들을 많이 만납니다. 그저 "어머니에 대한 일종의 그리움도 가슴에 품은 상태로 지냈었습니다. 그리고 고향이 설악산의 오색마을이니 자연스럽게 산과 친해지게 되었고요. 시는 국민(초등)학교를 다닐 때 특별활동으로 시작했는데 어린 마음에도 꿈을 다른 아이들처럼 장 군이나 선생님이 아닌, '반드시 많은 사람들이 읽고 기억할 수 있는 시인이 되겠다'였습니다. 도중에 포기하지 않고 늘 부족한 부분은

책을 읽으며 스스로 더 좋을 시를 쓰려고 하는 도중에 그날 한계령에서 만난 풍경과 사흘간 걸어왔던 길을 떠 올리며 쓴 시가 「한계령」입니다"라 대답해왔습니다.

이제 어떤 시절을 살아왔었는지, 그리고 무엇을 보며 생각을 키웠는지 세세하게 모두 드러내기엔 무리지만 최대한 이야기를 풀어보겠습니다.

참으로 많은 이들로부터 종종 받았던 질문이기도 하고, 이렇게라도 어떤 시절을 살아왔는지 남겨놓을 수 있는 기회라 생각합니다.

먼저 이 부분부터 소개드려야 겠군요. 이생진 시인께서 이곳 한계령을 함께 둘러보시고 제 이름을 제목으로 시를 보내주셨었습니다.

선생님과의 인연은 정말 오래되었는데 최근 연로하셔서 직접 운영하시던 홈페이지도 그만 두시고 컴퓨터도 거의 사용하지 않으신다는 소식을 최근에야 들었습니다.

그 소식은 선생님께서는 직접적으로 말씀은 안 하시지만 선생님을 자주 찾아뵙는 몇 분을 통해 들었습니다.

조만간 다시 찾아뵐 기회를 가질 생각입니다.

선생님께서 주신 시 그 전문을 소개합니다.

정덕수

―한계령
내 육신을 벗어 놓고
꽃으로 피어 노래 부르리
아, 무량하다 생각턴 인생 찰나剎那의 꿈
칭칭 감겨 울고픈 맘 접어 두고
바람 부는 산길 넘나드는 잡초인 양
스러지리라 비감悲感 고이 접고*

눈알이 부리부리하다
한계령 산나물 야생화 이름을 달달 외운다
아니 짐승 날벌레까지 달달
목소리가 우렁차다
산삼 천삼 만삼하며 하는 대로 흔들리는
수염이 산삼 뿌리 같다
산삼 어수리
가는 뿌리가 흔들린다
오색약수 물소리에
옛집을 생각하며 우는 목소리로

가난한 아버지 어머니 누이동생을 생각하는데

비가 내린다

그가 내게 암초를 밝히는 붉은 등대처럼
모자를 벗고 붉은 머리 정수리를 굽어보이던 밤
그의 아픔
그의 서러움
그의 외로움을
다 읽고도 남은 것이 있어
그가 BOHEM CIGAR에 불을 붙일 때
담배 연기에서
그의 비감悲感을 마셨다

비가 내린다

*정덕수 시집『한계령에서』「가을의 정적을 깨고 피는 꽃」일부

오색령!
누군가 물었습니다.

"오색에도 한계령 말고 또 다른 고개가 있어요?"

한계령의 또 다른 이름이 아닌 "한계령을 한동안 오색령이란 이름으로 불렀던 적이 있었고, 소솔령이나 소동라령으로도 불렀었다고 전해진다"고 하면 사람들은 의아하다는 표정이 됩니다.
저에게 있어 이 한계령(오색령)은 여행의 목적지나 여정의 행간 한 부분을 차지하는 길목에만 그치지 않습니다.

누구에게나 그런 대상 하나쯤 있지 않을까요?
바로 삶의 이유고 목적이며 가치인 대상 말입니다.
저에겐 한계령이 얼마쯤은 고단할 수 있는 삶을 살아온 세월의 증인이고 친구며 동반자였습니다.
그리고 여전히 한이고 행복이며 동시에 숙제기도 합니다.

남대천!
이 남대천 또한 한계령과 마찬가지로 이 고장에서 태어난 이들에겐 연어가 새로운 탄생을 위하여 고향으로 돌아오듯 영원히 회귀를 꿈꾸게 하는 모천입니다.
이 강은 대청봉과 한계령, 점봉산, 구룡령과 오대산자락 법수치 그 위의 수많은 샘에서 시작됩니다.

그리하여 한 몸으로 남대천을 이루어 동해로 흘러드는 도도함이 야말로 삶의 아름다움과 여유로움을 찾고자 하는 이들의 발길을 부르는 가장 큰 울림이 아닌가 싶습니다.

그리고 어렸을 적 인연 깊은 고장이 또 하나 있는데요, 바로 인제군입니다.

인제군은 양양의 남대천과 마찬가지로 대청봉과 서북주릉의 여러 골짜기들을 비롯해 한계령과 서북주릉의 한계령 삼거리 앞뒤에서 발원한 물줄기가 흐르는 고장입니다.

바로 그 시리도록 찬물이 내가 되고 강이 되어 흐르는 원통, 그리고 인제는 제게도 그렇지만 이제는 이 세상에선 다시는 만날 수 없는 인연이 된 어머니와 형을 통해 어려서부터 익숙했던 지명입니다.

기본적으로 한계령을 경계로 하는 양양과 인제란 고장이 어떻게 저와 인연이 되었는지는 설명이 되었겠지요.

이제 〈한계령〉 노래가 만들어지게 된 시를 18살 나이에 쓰게 되었던 저의 어렸던 날의 기억을 더듬어 풀어보겠습니다.

1969년, 그러니까 1964년 2월에 태어난 제가 6살 되던 해 진달래 피기 전 어머니는 어린 자식들을 남겨두고 집을 나가셨습니다. 제 밑으로는 1966년 1월에 태어난 남동생과 1968년 1월에 태어난 여동생이 있습니다. 막내 여동생은 어머니가 집을 나가셨던 그해 봄엔 젖을 떼지 못했던 아기였습니다.

젖먹이 어린 딸까지 남겨두고 떠나실 수밖에는 별다른 뾰족한 방법이 없었던 어머니의 입장을 모르는 바는 아니지만, 참으로 야속하고 원망스럽게 느껴지던 마음은 그리움만큼이나 크게 자리하게 됩니다.

어머니는 없지만 이전 늦가을 잡목을 잘라내고 불을 피워 일군 밭엔 옥수수와 감자가 자랐고, 여름이 한창일 때 한쪽엔 배추와 무, 당근, 파가 자랐습니다.

그리고 이른 봄에 헤어졌던 어머니를 영(한계령) 넘어 인제군의 한 지역에서 우연한 기회로 만났다는 소식을 낙엽이 진 늦은 가을에서야 인편을 통해 듣게 된 아버지는, 형에게 어머니를 찾아서 함께 돌아오라며 얼마간의 여비를 마련해 보냈습니다.

1969년 당시엔 한계령으로는 차가 다니지 않았습니다. 오색에서 양양 읍내까지 걸어 나가 속초로 이동한 다음 그곳에서 진부령을 넘어야 했습니다. 그 시절 왕복 여비가 얼마인지는 모르지만 그렇게 양양에서 속초를 거쳐 인제를 다녀오고, 그것도 사나흘 먹고 자기까지 했어야 되었으니 상당한 비용이 필요했겠다 싶습니다.

그런데 며칠 뒤 눈이라도 내릴 듯 잔뜩 흐린 날 저녁나절 집에 온 형은 뭐라 하지도 않았는데 서럽게 울면서 인제에서 수소문을 하며 이틀 동안 찾아다녔지만 어머니를 만나지 못했다고 했습니다.

겨울이 깊었고 폭설이 잦았던 12월을 지나 새해가 되었을 때 할머니께서 오셨습니다. 할머니가 가져오신 쌀로 지은 하얀 쌀밥을 먹고 잠을 자려는데 할머니와 아버지가 나누는 말씀이 들렸습니다.

"어머니 아무래도 덕수 하나만이라도 당분간 형한테 맡기면 좋겠어요. 겨울이라 벌이도 시원찮은데 애들 네 명을 먹이려니 굶기기 일쑤네요. 덕수가 몸이 약해 재 엄마가 있을 때도 자주 아팠는데 재 하나만이라도 어떻게 형한테 보낼 수 없을까요"라 하시는 말씀이 들렸습니다.

할머니는 "그러게 애들 넷 건사하기 쉬운 일 아니지. 그래도 아무리 아들이라도 내 맘대로 덜컥 손주 하나를 데리고 가면 걔들이 반갑다고만 할까 싶다. 애비야 내가 먼저 운을 띄어놓을 테니 며칠 지난 뒤 창연이더러 데려다주라고 해라"라 아버지한테 난처하다는 말씀을 털어놓으며 며칠 지난 뒤 보내라고 하셨습니다.

며칠 더 계시던 할머니가 떠나시고 설을 지난 뒤 저는 전날 아버지가 가져다 준 까만 털실로 짠 모자를 기분 좋게 쓰고 큰집에 가면 달달한 고구마도 많이 먹을 수 있다며 집에서 출발했습니다.

그날은 아침부터 짙게 구름이 내려앉아 있었는데 얼마 지나지 않아 눈발이 날리기 시작했습니다. 온종일 눈길을 열다섯 살 된 형과 막 일곱 살이 된 두 형제가 걸은 길이 100리가 조금 넘습니다.

날이 저물고 본격적으로 눈발이 굵어지더니 금방 발목을 넘게 쌓였습니다. 도중에 두 번 형이 잘 아는 집이라며 들렸던 곳에서 밥을 먹었지만, 그 뒤로도 언제 도착하는지 알 수 없는 길을 한없이 걷다 보니 또 다시 배가 고팠습니다.

형이 조금만 쉬었다 가자며 작은 계곡이 내려다보이는 비탈진 오솔길에 멈춰서 쌓인 눈을 발로 밀쳐내고 자리를 만들어 주며 미끄러지지 않게 조심하라고 했습니다. 그때 조금 위쪽에서 우산을 쓴 누군가 걸어오는 모습이 보였습니다.

"형아 저기 누가 와"라 하자 형이 제가 손짓으로 가리킨 방향으로 고개를 돌리더니 아예 몸을 돌려 "큰아버지 안녕하세요"라며 인사를 했습니다. 그리고 저한테도 "덕수야 큰아버지야 인사 드려"라더군요. 형이 시키는 대로 형이 했던 것과 똑같이 "큰아버지 안녕하세요"라 말하며 고개를 숙였습니다. 모자 위에 눈이 많이 쌓였던 모양인지 바닥에 눈뭉치가 푹 떨어졌습니다.

"애 감기 들겠다. 우산이라도 쓰고 오지"라며 형한테 쥐어준 우산을 쓰고 자리를 조금 비켜서자 큰아버지는 "올라가 쉬어라. 내일 낮에 올라가마"라 하시곤 우리가 걸어왔던 길로 걸어가셨습니다. 큰아버지의 뒷모습이 오른쪽 방향으로 돌아간 굽잇길에서 사라진 다음에야 다시 걷기 시작했습니다.

조금 올라가자 제법 넓은 길이 나타났습니다. 신작로로 가나 보다 했는데 이내 좁은 비탈길을 오르더군요. 날은 아예 어두워졌고 하얗게 덮인 눈이 아니었다면 길을 못 찾을 수도 있는 어둠 속에서 몇 번인가 넘어졌습니다. 자꾸 넘어지니 형은 우산을 접어서 지팡이처럼 짚으며 제 손을 잡고 걸었습니다.

형이 업어주면 좋겠는데 차마 말이 안 나왔습니다. 형이 손을 잡고 이끄는 대로 바닥이 닳은 고무신을 신고 눈길을 그저 하얗게 보이는 자리가 길이라 믿고 걸었습니다. 미끄러지며 걷기를 얼마나 했을까 도랑을 따라 걷다 나동그라졌습니다. 눈인 줄 알고 딛었는데 얼음이었습니다. 소나무가지가 눈을 막아주어 그 자리엔 눈이 덮이지 않아 얼음만 드러나 있었던 겁니다.

형은 아프냐고도 묻지 않고 제 손을 잡고 다시 걷기 시작했습니다. 이윽고 비탈길을 지그재그로 오르며 "덕수야 이제 이 고개만 넘으면 큰집이야"란 형의 말을 들었습니다.

고갯마루에 올라섰지만 온통 하얗게 눈이 덮여 어디가 길인지도 알 수 없는 모습이 눈에 들어왔습니다. 형은 몇 번 다녀서인지 모르지만 용하게도 길을 잘 찾는다 싶었습니다.

형한테 "형 아직 멀었나? 힘들어"라고 처음으로 말했습니다. "이제 다왔어"란 말을 들었다고 생각했을 때 바로 앞에 불빛이 보였습니다. 형은 "큰어머니 저 창연이예요"라며 그렇게 크지도 않은 목소리로 말했고, 방문이 열리며 그저 형체로만 사람이란 걸 알 수 있는 모습이 나타났습니다.

"아이고 이 눈 속에 걸어왔냐. 큰아버지 아까 마을에 놀러 가신다고 나가셨는데 못 만났냐"며 들어서는 형의 머리와 어깨에 쌓인 눈을 털어주시곤 "야가 덕수냐"며 그제야 저를 발견했는지 형에게 물었습니다.

방엔 할머니와 사촌들이 있었고 큰어머니는 "밥이 얼마 없다. 떡이랑 해서 먹고 내일 아침에 배불리 먹어라"고 하시며 화로에 석쇠를 올리고 떡을 구웠습니다.

큰집에서 이틀 밤을 보내고 형은 오색으로 간다며 나서는데 여전히 그치지 않고 눈이 내리고 있었습니다. 큰어머니가 "모자라도 써야지 큰일 나겠다" 하시더니 처음으로 아버지가 준 모자를 형에게 주라고 했습니다.

모자를 받아 든 형이 "덕수야 이거 너껀데 형이 써도 되지"라 하는데 솔직히 많이 아쉬웠지만 차마 싫다는 말은 못했습니다. 그렇게 형이 떠나고 이제 다섯 명의 사촌들이 있던 큰집에서 함께 살게 됐습니다.

그게 더부살이고 그런 생활이 결코 쉽지 않다는 건 그해 봄이 지나 소를 몰고 풀을 먹이러 다닐 때가 되어서야 알게 됩니다.

겨울이 지나고 봄이 되자 오색 집에서는 볼 수 없는 풍경이 펼쳐지더군요. 큰아버지는 외양간을 치우며 모아두었던 두엄을 지게로 비탈밭 여기저기 옮겨 부리시더니, 외양간에서 겨우내 지내게 하던, 어쩌다 외양간을 치울 때나 마당 한쪽의 눈을 치우고 밖에 나오게 하던 소에게 깨끗한 새 바를 매고 끌어냈습니다. 그리고 쟁기를 지워 비탈진 밭을 아침부터 저녁까지 갈기 시작했습니다.

그렇게 며칠 동안 밭을 갈던 큰아버지가 마을을 내려갔다 오신 다음 날이었습니다. 많은 사람들이 이른 아침부터 큰집 마당에 모여들었습니다. 그리고 두엄을 내고 갈아엎어 이랑을 낸 사래 긴 밭마다 싹눈을 떠 놓은 감자를 놓고 옥수수를 심었습니다.

그렇게 하고도 큰아버지와 큰어머니는 다시 콩이며 팥과 같은 아껴두었던 종자들을 종다래끼에 담은 다음 쟁기를 지게에 지고 소를 몰고 또 다른 밭으로 향하곤 했습니다.

그 일이 끝나고도 농사는 사람의 손길이 많이 필요하다는 걸 배우게 됩니다. 한 뼘 정도 자란 감자와 옥수수밭에서 이른 새벽부터 김을 매는 일이 기다렸습니다. 이미 하루살이와 깔다구가 달려들기 시작할 때라 이걸 물리치는 정말 그림같은 방법을 만나게 되었습니다.

잔나비걸상이나 발굽버섯 같은 목질의 버섯을 쪼개 물푸레나무 막대기를 뾰족하게 깎아 꽂은 뒤 목질의 덕다리버섯을 숯불 위에 올려놓으면 불은 안 붙고 연기만 피어납니다.

이걸 허리를 구부려도 기울어지지 않게 기저귀를 갈라 만든 하얀 끈으로 허릿춤에 붙잡아 매고 밭고랑에 앉아 김매기를 하는 모습을 만났습니다. 제법 자란 감자밭골 사이로 밀짚모자를 눌러쓰고 구부정하게 허리를 구부린 큰아버지 내외분이 할머니와 함께 앉은 모습이 근사해 보였습니다. 어느 날인가는 안개가 피어오르는 비탈진 밭 가운데 세 분이 나란히 보이기도 했고, 감자밭인가 하면 옥수수밭에서도 그 모습을 만날 수 있었습니다. 허리춤에 비틀어 맨 모깃불을 붙인 막대기에선 하얀 연기가 피어오르고요. 아침을 먹고도 모깃불은 여전히 세 분의 허릿춤에 매달려 있다가 막걸리와 찐 감자 같은 걸로 새참을 드시는 시간이 되어야 허리에서 풀었습니다. 하지만 종일 해가 나오지 않는 날이면 그 덕다리버섯으로 피우는 모깃불은 여전히 허리춤을 벗어나지 못했습니다.

언제 끝날 줄 모르는 김매기는 정말 오래도록 하는 일이었습니다.

산비탈에 풀이 제법 자라고 찔레꽃이 여기저기 피기 시작했습니다. 큰아버지가 사촌형에게 "이젠 낮엔 소를 풀밭에 끌고 가 풀을 뜯게 해라. 그리고 저녁엔 꼴 좀 비어오고"라 했습니다. 이틀인가 혼자 소를 몰고 나가던 사촌형이 "덕수야 소 꼴 먹이러 같이 가자. 정말 재미있어"라며 은근히 구슬렀습니다. 아무 의심 없이 사촌형을 따라나섰는데 그때부터 어른들 모르게 은근히 괴롭히기 시작했습니다.

바쁜 농번기가 지나 옥수수가 제법 자랐을 때 아버지가 어찌 사는지 보신다며 떠나셨던 할머니가 막내 여동생을 업고 언덕을 넘어오는 모습을 만났습니다. 저를 큰집에 데려다 놓았던 형이 봄이 되자 집을 나갔다는 소식을 할머니를 통해 듣게 됩니다. 아버지가 일을 해야 되는데 3살과 5살 된 자식을 데리고 일을 하기 어려워 어쩔 수 없이 할머니가 막둥이 누이동생을 데리고 오셨다고 하셨습니다.

여동생이 온 다음부터는 저도 모르게 여동생을 대하는 사촌들의 눈치를 살피게 되더군요. 자연스럽게 그렇게 되는 게 아이들의 세상입니다.

해가 바뀌고 1971년이 되었습니다. 출생신고가 늦은 탓에 이때서야 학교에 입학했습니다. 병약했던 저로서는 어쩌면 다행인지도 모릅니다.

그리고 전입신고도 안 한 상태에서 집에서 100리 이상 떨어진 곳에서 입학을 할 수 있었던 이유는 아버지의 고향이라 그곳에서 양양하고 갈천 사이의 중간 지점 서림리에 있던 양양군 서면사무소 서림출장소에 원적과 본적이 모두 있어서였습니다. 서림리는 서울양양고속도로로 서울에서 양양으로 올 때 백두대간을 횡단해 뚫은 최장대 터널을 막 빠져나와 만나는 해담마을로 더 많이 알려진 곳입니다. 서울 방향으로만 진출입이 되고 양양 방향에서는 진출입이 불가

능한 조금 묘한 나들목이 있는 곳이죠.

  학교를 오가는 길은 제법 먼 길을 걸어 통학해야 됐습니다. 여전히 병약했고, 어머니의 자애로운 보살핌이 그리웠던 탓일까요, 유난히 자주 아팠습니다. 기억에 남을 정도로 호되게 아팠던 기억이 있습니다.

  뽕나무에서 새순이 나와 연초록으로 하늘거리기 시작할 때면 양잠 농가마다 준비를 합니다. 누에의 알을 누에씨라고 해서 이걸 나무 젓가락처럼 얇은 나무로 직사각형의 작은 틀을 만들고 종이로 앞뒤를 막은 봉투 비슷한 상자에 담아서 양잠을 할 농가에 나눠줍니다.

  처음엔 그리 크지 않게 만든 상자에 기름을 먹여서 말린 한지를 깔고 보드랍고 여린 쑥을 뜯어 누에씨를 올리고 다시 한지를 덮어 따스한 자리에 두면 아주 조그만 누에가 꼬물거리기 시작합니다. 그때부터 갓 돋은 보드랍고 여린 뽕잎을 먹이로 줍니다. 누에는 무서운 속도로 자랍니다. 몇 번의 잠을 자고 탈피를 하는 과정이 반복되며 누에 크기가 자랄수록 농가에서는 어린아이 손까지 필요로 할 정도로 분주해집니다.

  누에를 치는 방엔 비가 내리거나 하면 물을 넣고 적당히 온도를 유지하게 만들어 주더군요. 누에를 먹이려면 사실 뽕나무를 많이 심어야 되는데 그럴 수 없는 조건의 농가에서는 밭에 주식이 되는 옥수수와 감자, 그리고 잡곡들을 심고 길러야 되기에 야생의 뽕나무를 찾아다니며 뽕잎을 따 날라야 했습니다. 사람은 굶을 수 있어도 누에는 굶기면 안 되더군요.

처음엔 너무 심하게 열이 닿지 않도록 바닥에 모포를 깔고 적당한 온도를 유지하며 시작했던 누에치기가 방 몇 칸에 나무 막대로 누에를 담은 상자들을 올릴 틀을 층층이 만들고 제법 큰 상자에 한지를 깔고 적당히 누에를 나누어 담은 다음 뽕잎을 먹이로 주는데 처음엔 큰아버지 혼자 뽕 한 짐 지고 오시면 이틀 정도 먹이를 줄 수 있었습니다.

두 잠인가 세 잠인가를 잤다고 했던 거 같은데 어린아이 새끼손가락 크기 정도로 자라면 그때부터 본격적으로 온 가족이 뽕나무를 찾아 골짜기들 찾아다니며 뽕을 따 나릅니다. 누에가 뽕잎을 먹는 걸 지켜 본 적이 있는데요, 정말 무서운 속도로 뽕잎을 갉아 먹습니다. 깊은 밤 잠에서 깨면 누에가 뽕잎 먹는 소리가 사각거리며 온 방 안을 가득 채울 정도니까요.

아주 작은 파씨 같던 누에씨에서 불과 20여일 전 겨우 꼬물거리는 모습을 보이던 누에가 엄청난 속도로 먹던 뽕잎을 조금 덜 먹는다 싶을 무렵, 큰아버지께서 새순이 제법 자란 소나무 가지를 지게로 나르기 시작하셨습니다.

딱 그때부터 아프기 시작했는데 뽕잎을 열심히 먹던 누에들이 고치를 만들 준비가 다 되어 누에가 고치를 칠 자리를 솔가지로 만들어

주려는 거란 걸 알면서도 마음으로는 큰아버지를 도와 그 재미난 일을 같이 하고 싶은데 방 아랫목에 누어 꼼짝도 못 하고 눈으로만 구경하고 있었습니다.

솔잎 사이로 적당히 간격을 두고 올라간 누에가 초록의 뽕의 먹고도 하얀 실을 뽑아 고치를 만드는 모습은 누워서도 환기를 위해 방문을 모두 열어둔 덕에 또렷이 보였습니다.

병약한 누에는 고치를 제대로 만들지 못합니다. 그리고 먹이로 준 뽕잎도 싱싱하지 않고 중간에 누에가 굶기라도 한 경우엔 고치가 제대로 단단하게 만들어지지도 않습니다. 병약한 누에가 고치를 제대로 만들지 못하고 대충 만들어 속이 들여다보입니다. 번데기가 되기 위해 잠든 모습은 마치 몸이 아파 꼼짝도 못하고 누워있는 나와 같다고 생각했습니다.

고치가 솔가지에 하얗게 달린 모습은 신기하게 보였습니다. 마침내 고치를 딸 때가 되면 나무로 틀을 만들고 굵은 철사를 가로질러 꿰고 오른쪽에 손잡이를 만든 틀을 선반에서 내렸습니다. 솔가지를 하나씩 내려 조심스럽게 고치를 솔잎 사이에서 뜯어내고 나무틀에 올려 손잡이를 돌리면 솔가지에 매달리기 위해 고치 표면에 있던 지저분한 실들이 철사에 감기며 깨끗하게 손질된 고치가 경사진 면으로 하나씩 떨어집니다.

날이 저물어 등잔불을 밝힌 방안에서 사촌형이 고치가 수북히 올려진 틀을 돌리는 모습을 바라보던 제게 "덕수야 너가 저걸 잘하는데 일어나서 해보자"고 큰아버지가 말씀하셨습니다. 그 말씀에 억지로 일어나 앉아 틀에서 고치가 떨어지지 않게 왼손으로 틀을 잡고 오른손으로 틀을 돌렸습니다. 제법 오래 누워있었고 입이 깔끄러워 제대로 먹지도 않았으니 어렵지 않은 이 틀 돌리기 작업도 쉽지 않았습니다. 얼마 못하고 그만둬야 했는데, 계속 고집을 부렸다면 큰일 날 뻔했습니다. 코피를 하얀 고치에 흘릴 뻔했으니 말입니다.

그 밤이 지나고 이른 아침 큰아버지는 지게에 고치를 담은 자루를 산처럼 올려서 지고, 큰어머니와 할머니는 큰어머니보다 더 커다란 자루를 머리에 이고 양양에 다녀오신다며 "덕수 아프니 잘 돌봐라. 엄마 아버지 없다고 괴롭히지 말고"라 사촌형과 누나에게 다짐하고 나서셨습니다. 다음날 오후 형과 동갑이라 국민(초등)학교를 졸업하고 집에서 큰아버지를 도와 농사일을 배우던 사촌형과 점심밥을 먹는데 양양에 가셨던 어른들께서 돌아오셨습니다.

"덕수가 오랜만에 밥을 먹는구나. 어머니 재 보세요. 이제 다 나았나 봅니다" 큰아버지께서 할머니께 말씀하시며 지게에서 내린 보퉁이를 풀어 시장에서 고치를 판 돈으로 사왔을 사탕과 과자를 건네주셨습니다. 열흘도 넘게 아파서 학교도 못 가고 누워만 있던 조카가 일어나 앉아 밥을 먹고 있으니 맘고생이 상당히 크셨으리라 생각되는 일입니다.

그리고 큰아버지는 며칠인지 잘 기억할 수 없지만 어딘가 다녀오
신다고 떠나셨고 비가 그친 어느 날인가 돌아오셨을 때 등엔 둥글게
말아 끈으로 묶은 연초록색 대자리라는 걸 지고 계셨습니다. 할머니
께 큰절을 올리시고 곧장 지고 오신 대자리를 사랑방으로 옮겨 펴놓
으시는데 하나인 줄 알았던 대자리는 두 장이었습니다.

그때서야 알게 되었습니다. 오색에서 살던 집과 방바닥에 깐 장판
이 왜 색깔은 비슷해 보여도 다른지 말입니다.

오색집에서는 밀가루 포대를 찢어지지 않게 조심스럽게 실을 풀
어 여러 겹으로 된 누런 종이들이 원통형이 되도록 한 다음 겉장을
뺀 속에 든 종이만 따로 분리해 냈습니다. 그리고 풀질이 되어있는
연결부분에 물을 발라 조심스럽게 떼어내 펼쳐서 밀가루로 쑨 풀을
발라 바닥에 붙였습니다. 이렇게 사방 벽 쪽은 반 뼘 정도 높이로 일
정하게 맞춰가며 바닥에 붙인 장판이 마르는 동안 아궁이에 불을 지
피고 무쇠솥에 삶아 불려진 콩이 무명천으로 만든 자루에 담아 묶기
좋은 양만큼 삶았습니다.

푹 삶아 콩에서 기름이 저절로 풀려나올 정도가 되면 그걸 자루
에 퍼 담고 저와 바로 밑의 동생이 서로 하겠다고 다퉈가며 온 방 안
을 굴리고 다니게 주었습니다. 어렸던 저와 동생에게 재미난 놀이였
습니다. 실상은 섬유질이 거친 밀가루 포대였던 종이에서 보풀이 일
어나 헤지는 걸 방지하기도 하고, 습기 때문에 방바닥에 바른 종이가

부풀어 찢어지지 않고 오래 유지되도록 하는 중요한 과정이었던 겁니다. 동생과 서로 자신이 자루를 굴리며 놀겠다고 다퉈가며 열심히 방바닥에 기름을 먹이는 수고를 했던 것이죠.

그리고 큰집에서 보았던 격자무늬로 된 매끈한, 그러나 드문드문 삭아서 부서지기 시작했던 방바닥에 깔린 자리는 대나무를 갈라 납작하게 펴서 짠 대자리로 처음엔 연한 녹색이었지만 시간이 지나며 누렇게 변해 있었던 거고요.

그리고 옥수수가 한창 자라 쇠꼬리를 올리기 시작하는 때를 맞춰 긴 여름 장마철에 옷방으로 불렀지만 사실은 안방인 방에서 큰아버지는 무언가를 만드셨습니다. 지난 겨우내 가늘게 꼬아 봄에 사용하고 남은 새끼줄을 일정한 길이로 자르고, 이걸 반으로 접어 나란히 방바닥에 물을 뿌려 반듯하게 펼쳐 놓았습니다.

학교를 다녀오면 큰아버지가 무엇을 만들었을까 궁금해 옷방부터 달려가곤 했는데요, 한 뼘 조금 넘게 길게 늘어진 새끼줄에 짚으로 엮어나간 모양을 보고서 "큰아버지 이거 멍석이지? 나 이거 알아. 멍석 맞지"라 대단한 걸 알아낸 모양으로 외쳤습니다.

김매기를 끝낸 시점부터. 그리고 삶아 먹던 옥수수가 초록의 대궁까지 누렇게 색깔이 변하고 감자를 캔 밭에 메밀이 빨갛게 대궁을 올릴 때도 늘 무언가를 만드셨습니다. 산에서 벗겨온 피나무껍질을 여러 번 칼질을 해 아주 얇게 발라낸 다음 이걸 물레로 감아 노끈처럼 만들고 긴 방망이에 감은 뒤 새끼줄처럼 두 가닥을 겹쳐 꼬았습니다. 다시금 방망이 하나 가득 먼저와 똑같은 분량의 외겹 노끈처럼 꼰 줄을 두 가닥을 겹쳐 새끼줄처럼 꼬았던 끈에 방망이를 돌려가며 엮어 세 줄로 된 긴 줄을 만들었는데 쇠바(코뚜레를 꿴 소를 매는 굵은 줄)라고 했습니다.

자리틀에 실을 감은 고드랫돌을 걸치고 감자와 옥수수를 수확해 담는 울을 짜기도 하고, 우물 아래 습지에서 자란 부들을 거둬 할머니가 누워계신 자리에 보드라운 부들 돗자리를 새로 짜 깔아드리기도 하셨습니다.

곧게 자란 싸리나무를 잘라다 쪼개 종다리기를 만드는 일부터 산을 오르내리시며 버섯을 따는 등 사철 참으로 다양한 일을 하는 모습을 보았습니다.

그 여름 장마가 끝난 어느 날 집에 하얀 한복을 입은 어른 한 분이 소 두 마리를 몰고 오셨는데요, 이 어른을 보신 큰어머니께서 "시숙 오셨어요"라며 공손히 인사를 하시더군요. "큰엄마 시숙이 뭐야"라 물었더니 "큰아버지의 형님 되시니까 덕수 아버지한테도 더 큰형님 되시지. 덕수 너는 큰아버지라 부르면 되고 큰엄마는 시숙이라고 불러야 돼"라 하셨습니다.

횡성에서 소를 구하러 양양을 다녀오는 길이라 하시는 큰아버지는 할머니께 큰절을 올리며 "작은어머니 건강 여전히 좋으시죠? 칠순이시니 이제 농사일은 화명이한테 맡기시고 쉬세요"라 하셨습니다. 아버지가 '큰형님'이라고 부르시는 갈천 큰아버지를 화명華明이라고 이름을 막 부르고, 아버지도 규화圭華라고 거침없이 부르며 할머니를 작은어머니라 하니 어린나이에 이해 안 되는 부분도 있고, 뭔가 멋지게도 보였습니다.

양양은 소를 사고파는 우시장이 크게 서는 곳이었는데 그곳에서 소를 구입해 횡성으로 가시다 날이 저물어 구룡령을 넘어가기 글렀다는 생각에 찾아오신, 큰어머니께서 시숙이라고 하시는 분은 제게 5촌 당숙 어르신이 되시는 분으로 지금의 횡성한우를 만드신 분이십니다. 그해 꼭 두 번 당숙 어르신을 뵈었습니다.

차도 안 다니던 그 시절, 그러나 굳이 편하게 차를 이용하려면야 양양에서 강릉을 거쳐 대관령을 넘어가면 되었다는데 소를 싣고 갈 트럭을 못 구했을 거라는 말도 누군가 했습니다. 하지만 양양에서 갈천까지 80리 신작로를 걸어와 하룻밤 증골(정골) 큰집에서 머물고, 다시 구불구불 굽이도 많고 높이도 가장 높다는 구룡령을 넘어 창촌이란 마을에서 운두령을 거쳐 횡성 둔내로 소를 부리며 걸어 다니신 이유는 나이 40이 넘어서야 깨달았습니다.

기왕에 좋은 소를 우시장에서 구입하셨는데 시간이 며칠 더 걸리더라도 소가 걷는 속도로 천천히 걸으셨고, 앞세운 소가 칡넝쿨이라도 찾아 뜯으면 뒷짐을 진채 기다려 주시는 모습 참 보기 좋았습니다. 더구나 한겨울 눈처럼 하얗게 보이던 한복이 모시란 직물이었다는 것도 나중에야 제가 하는 이야기를 듣고 육촌 형님께서 알려주신 덕분입니다.

증골이라고 부르던 갈천 큰집 뜨락에서 정면으로 구룡령 길이 바라보입니다. 구룡령을 큰집에서 보면 산 중간의 잘록한 부분을 향해 곧장 직선으로 뻗은 모양처럼 보였습니다. 하지만 이건 큰집에서 약간 비스듬히 구룡령으로 오르는 길이 보이기 때문이고, 사실은 산굽이 모양을 그대로 거슬러 오르기 때문에 굽이가 많다는 사실을 어른들의 이야기를 통해 알게 되었습니다.

집에서 언덕을 넘어 뒷모습이 사라진 횡성이라고도 하고 둔내라고도 앞에 지칭되어 불리시던 큰아버지는 1시간 조금 더 지나면 소를 몰고 걸어가시는 모습이 몇 번 보였다 사라지곤 했습니다.

겨울로 접어들어 교실에 난로를 피우기 시작할 무렵입니다. 사촌 누나들과 학교에 가려고 집에서 나와 마당을 막 벗어날 때 등에 가방을 짊어진 누군가가 "덕수야 들어가자"며 들어섰습니다. 낯설어 외면하고 누나들을 따라 학교로 가는데 누나들이 하는 말이 들렸습니다. "창연이 오빠 맞지"라고 작은누나가 말하자 "좀 달라 보이는데 창연이 오빠 맞는 거 같아. 덕수는 형 와서 좋겠네"라고 하더군요.

수업을 마치고 늦게 동급생으로 학교를 다니기 시작한 작은누나와 집에 돌아왔을 때입니다. 아침에 학교에 갈 때 보았던 남자가 막 잠에서 깬 모양인지 얼마 전 디딜방앗간에서 쓰러지신 할머니 옆에 엎드려 있다가 "덕수야 형이야. 형 몰라보겠어"라고 했습니다. 그리고 선물이라며 자석이 달려 뚜껑이 자동으로 덮이는 필통과 공책, 월계수라고 까만 글씨가 새겨진 주황색 연필까지 가방에서 꺼내주었습니다.

사흘 뒤 오색으로 아버지를 뵈러 간다며 형은 떠났습니다. 무언지 모르게 참 많이 서러워졌고, 학교에 가는 길도 신바람이 나지 않았습니다. 겨울방학을 하고 며칠 뒤 눈이 내리는데 집 앞 언덕배기 방향에서 몇 사람의 목소리가 들렸습니다. 누워계시던 할머니가 "덕수야 누가 오나보다. 문 좀 열어봐라"라 하셨습니다. 마당을 향해 낸 문을 열면 정면으로 우물을 지나 언덕배기가 눈에 들어오고 조금 고개를 돌리면 구룡령도 바라보입니다. 방문을 열자 몇 사람이 어린아이 하나를 걸리고 아이 하나는 엎고 우물 근처를 걸어오고 있었습니다.

오래전 오색에서 같이 살았었다는 또 다른 사촌형과 형, 그리고 작은어머니가 두 사촌동생들과 방에 들어섰습니다. 큰어머니는 "이게 누구야. 동서 정말 얼마 만에 얼굴을 보는 거야. 얘가 승수지. 덕수랑 동갑이었나? 애는 민옥이라고 했었지? 많이 컸네"라며 반갑게 그들을 맞았습니다.

며칠, 정말 10명이 훌쩍 넘는 대식구가 북적대던 큰집이 조용해진 건 설을 지나서였습니다.

그렇게 그해 겨울에 몇 번 다녀갔던 형이 2학년이 되었을 때 나갔던 형이 오색 집으로 돌아왔다는 소식을 들었습니다.

깊이 빠졌던 눈이 녹고 4월이 되어서야 2학년 수업을 처음 받은 날입니다. 책과 공책을 싼 보자기를 어깨에 비스듬히 붙들어 매고 신작로를 따라 걷기 시작했습니다. 좁은 오솔길도 두 곳 더 있어 가끔 누나들을 따라 그 오솔길로 걷기도 했지만 혼자 걸을 땐 신작로로 걸으라는 어른들 말씀을 들었기에 동급생인 누나를 아무리 기다려도 나오지 않아 혼자서 가야된다는 생각에 그렇게 걸었습니다. 가장 크게 반대로 신작로가 휘기 시작하는 위치에서 신작로를 벗어나 본격적으로 비탈진 오솔길을 거슬러 올라 언덕배기에서 큰집이 눈에 들어오는 자리에 섰을 때였습니다.

큰아버지와 큰어머니, 그리고 할머니 외엔 어른이라고는 없는, 그러나 할머니는 디딜방앗간에서 쓰러지신 뒤로 거동을 못하시는데 마당에 어른들이 여럿 보였습니다. 둘째 큰아버지와 막내작은아버지, 그리고 작은어머니가 오랜만에 할머니를 뵈러 오셨습니다. 설에 다녀가신 작은어머니께서 할머니가 많이 편찮으시다고 소식을 전해 할머니를 뵈러 아버지 형제분들이 모였던 겁니다.

이틀이 지난 아침 둘째 큰아버지와 함께 두 해 전 걸어온 길을 되돌아 걸어 양양으로 향했습니다. 갈천으로 형과 함께 눈길을 걸어 갈 때는 오색에서 양양 방향으로 신작로를 따라 걷다, 다시 오솔길로 질러가며 걸어 공수전마을 위로 빠져나왔으니 집엘 가려면 거기에서 반대로 가야되는데 송천마을을 지나 논화리란 마을에서도 계속 신작로로만 걸었습니다. 조바심이 나서 "큰아버지 오색은 여기로 가면 안 되는데"라며 둘째 큰아버지께 물었습니다. 아버지가 양양에 계시는데 그곳으로 데려다 달라고 했다는 대답을 듣고서야 안심이 되었습니다.

정말 오랜만에 3형제가 모여서 같이 살게 되었고 얼마 뒤 양양에 있는 제재소에서 일을 하시던 아버지가 계신 곳으로 이사를 했습니다. 오색에서 불과 두 달, 그리고 다시 양양으로 이사를 해서도 짧은 기간에 세 번이나 이사를 다녀야 했습니다. 학교는 이때 아예 다니지 못했고요.

그해 여름 처음 양양으로 이사를 했던 집에 살 때 아버지가 일을 하시다 손을 다치셨습니다. 통나무를 자르는 작업을 하시다 옆에 지나가던 사람이 넘어지며 밀쳐서 순식간에 돌아가는 톱에 엄지와 집게손가락 사이로 톱날이 들어갔던 겁니다. 손에 붕대를 감고 며칠 제재소로 일을 나가시던 아버지가 낮에 돌아오셨습니다. 그리고 다음 날은 소주 한 병을 혼자 드시더니 종일 누워계셨습니다. 아버지는 흰 고무신은 아끼시는지 신지 않고 나무를 켜 발모양을 만들고 얇은 피댓줄이라고 하는 걸로 발등에 걸리도록 만든 게다란 걸 신고 일을 다니셨는데 며칠 동안 게다 바닥이 다 닳아도 새로 만들 생각을 안 하셨습니다.

그리고 양양에서 다시 이사를 하게 되었습니다. 손을 다쳐 제재소에서 일을 못해 집세를 못 주게 됐고, 방세가 밀리자 주인이 다른 집을 알아보라며 이사를 나가라 했던 거죠.

두 번째로 이사를 한 집에 살 때인데 가끔 아침이 늦었지만 몰랐습니다. 집에 쌀이나 국수까지 먹을 게 없다는 걸 말입니다. 밖에 나갔다 낮에 돌아오신 아버지가 백 원짜리 지폐를 주며 국수를 사 오라 시켰습니다. 몇 번 국수를 사러 다녔기에 국수를 만들어 파는 가게에서도 얼굴을 알아보고 포장되어 있던 국사가 아닌 탁자에 밀가루 포대를 뜯어 만든 종이를 깔고 국수를 싸 주었습니다. 그리고 10원을 거슬러 주었는데 국수집 아저씨가 일부러 더 많이 국수를 주려고 그렇게 하는 거란 이야기를 아버지와 형이 하는 말을 통해 알게 되었습니다.

감자나 호박도 없이 반을 가른 멸치만 넣고 소금으로 간을 해 끓인 국수를 참 많이도 먹었습니다. 그러다 국수가 떨어지면 멸치 몇 개만으로 하루를 보내기도 했습니다.

그러던 어느 날 할머니가 돌아가셨다며 온 가족이 삼륜차를 타고 갈천으로 갔습니다. 할머니 장례를 치르는 동안 하루도 거르지 않고 비가 내렸지만 먹을 수 있는 음식들이 많아 거기에 정신이 팔렸습니다.

장례식이 끝나고 비 때문에 차가 못 다니니 며칠 더 기다려 보다 가라는 큰아버지 말씀에 아버지만 떠나고 우린 며칠 더 지내다 양양으로 걸어서 돌아왔습니다.

양양 집에 도착하니 아버지는 편지 한 장을 남겨두고 보이지 않았습니다. 제재소에서 다시 일을 하라는 말을 들었지만 자존심이 상한 아버지는 매일 아침 일자리를 찾아다니셨었고, 그렇게 버는 얼마 안 되는 돈으로는 생활이 어려웠던 아버지는 다시 오색으로 일을 하신다고 떠나셨습니다. 그리고 세 번째 이사를 했습니다.

시장 어물전에서 좌판에 생선을 받아 파는 친척 집이 바로 앞에 있었는데, 그 친척 집의 할머니는 알곡이 익어가는 논으로 저와 동생을 데리고 메뚜기를 잡으러 다니셨습니다.

쌀자루가 비기 시작하면 오색마을에 있던 군부대가 떠난 자리에 호텔을 신축공사장에서 일을 하신다는 아버지를 찾아가 쌀과 부식을 살 돈을 받으러 다녀오던 형이, 쌀자루가 제법 묵직하게 보이고 고구마와 밀가루도 있는데 아버지께 다녀온다며 아침밥을 먹고 상을 치우더니 집을 나갔습니다. 그날은 저녁때가 한참 지나도 형이 오지 않아 밥도 굶고 기다리다 잠이 들었습니다. 늦게야 형이 돌아왔는지 아침에 일어나니 형이 자고 있었습니다. 쌀도 사지 않고 빈손으로 돌아온 형이 불안했습니다.

다음날 아침밥을 먹고 앞장 선 형을 따라 다시 갈천으로 향했습니다. 동생들을 큰집에 잠시 맡겨두고 어머니를 모셔오겠다며 떠난 형은 며칠을 기다려도 돌아오지 않았습니다.

나중에 알게 된 일인데 이번에도 형은 어머니를 만나 집으로 돌아가자고 했었으나 어머니는 그런 아들의 간곡한 부탁을 거절해야 될 만큼 상처가 깊었다고 합니다.

그리 길지는 않지만, 짧지만도 않은 어린시절의 한 부분을 이번엔 바로 아래 남동생까지 함께 더부살이란 경험을 하게 되었던 겁니다.

1972년 12월도 다 지나고 해가 바뀐 1월이 되었을 때 오색으로 남동생과 둘이 돌아왔습니다.

그리고 3월이 되면서 남동생은 다시 입학을 하고 저는 곧장 3학년으로 편입되어 학교를 다니기 시작했습니다.

이때부터 아버지가 아침 일찍 일을 나가시면 제가 동생을 데리고 밥을 해 먹어야 했고, 설거지며 빨래까지 해야 되었습니다.

이렇게 된 과정은 4월 어느 날부터인데, 저녁이 되어도 아버지가 돌아오시지 않아 동생과 둘이 아궁이 지폈던 장작이 다 타고 숯불만 남게 되었을 때 밥을 해서 먹자고 하게 됩니다. 그리 크지 않은 밥솥에 쌀을 덜어 몇 번 씻어 뜨물을 버리고 말간 물이 되자 손바닥을 펴 손등까지 물이 잠기게 하고 풍로에 숯불을 옮겨 담고 밥솥을 올렸습니다. 물이 끓기 시작했고 곧 솥뚜껑을 들썩이며 밥물이 넘치기 시작하자 풍로의 아래쪽 공기구멍을 절반 정도 막았습니다.

풍로 크기가 도왔고, 따라서 밥이 알맞게 될 정도로 숯불을 담아서였지 싶은데 밥은 타지도 않고 알맞게 잘 되었습니다. 반찬이래야 이웃에 사는 친구 어머니가 가져다 준 김치 하나지만 동생과 둘이 직접 지은 밥을 맛나게 먹고 있을 때 아버지가 돌아오셨습니다. 솥에 있던 밥을 한 수저 떠 맛을 본 아버지는 "그래 이렇게 밥을 하면 된다"고 하셨습니다. 그 뒤로 아버지가 집에 계시면 밥을 해주셨지만 자반고등어를 주며 "저기 도랑가 밭둑에 호박잎 보이지. 그거 몇 장 따서 가서 고등어 좀 씻어오너라" 하면 말씀을 그대로 따라 하게 됩니다. 이웃집에서 심은 호박넝쿨에서 호박잎을 몇 장 따서 도랑가 맑은 샘이 솟는 자리에 앉아 넓적한 돌을 하나 물가에 받쳐놓고 고등어 껍질과 반 가른 속까지 호박잎으로 살살 문질러 씻은 뒤 들고 오면, 아버지는 다시 "담뱃집에 가서 애호박 하나 사와라"라 하셨습니다.

호박을 사가지고 돌아오면 "자세히 봐라. 다음엔 동생이랑 애비 없을 땐 니가 반찬도 해야된다"고 하셨고요. 먼저 고등어를 꼬리만 잘라 버리고 다섯 토막 크기로 잘라 냄비에 넣고 호박을 반을 갈라 조금 도톰하게 썰어 위에 올리라고 하셨습니다. 고등어보다 호박이 먼저 익기 때문에 고등어를 밑에 넣으라고 하신 거죠. 고등어가 잠길 정도로 물을 붓고 간장 조금하고 고춧가루를 호박 위에 솔솔 뿌리고 뚜껑을 덮어 곤로에 올리고 고등어가 익기를 기다리면 됐습니다. 소금에 절여진 고등어는 별다른 간을 더 할 일 없을 정도로 짰기에 호박에 간이 될 정도로 간장 조금만 넣어야 된다고 하시고요.

김치가 시어지면 물에 씻어 냄비에 넣고 담뱃집에서 두부를 만들며 나온 비지를 한 그릇 가져와 고춧가루를 넣고 소금으로 간을 해 비지찌개를 끓여 밥을 먹었습니다.

이렇게 하나씩 아버지가 일러주시는 대로 하다 보니 살림을 도맡아 하게 되었지요.

여름방학을 하고 며칠 뒤였습니다. 아버지께서 마당에서 맡아 온 문짝을 짜기 위해 대패질을 하시던 일손을 멈추셨습니다. 천천히 담배를 꺼내 입에 무시고 불을 붙여 한 모금 태우시더니 "덕수야 여기 앉아봐라. 할 말이 있다"시며 부르셨습니다. 그리고 "이제 덕수 너랑 장수가 인자를 데려와도 돌볼 수 있으니 큰집에 가서 인자를 데리고 올 수 있겠니"라고 했습니다.

며칠 전 자려고 불을 끄고 누웠을 때 "덕수 자냐"고 하시기에 "아직요" 하고 대답했을 때 "큰집에 있을 때 어떻게 지냈냐"고 물으셨습니다. 차마 사촌들에게 괴롭힘을 가끔 당했다고는 말하지 못했는데 눈치로 알아차리신 모양입니다.

넓은 송판에서 칼날이 하나 박힌 문살 따내는 도구로 일정하게 따낸 문살을 가로대와 세로대의 길이를 일정하게 자르고 대패질까지 말끔한 다음 한쪽 면엔 골이 두 줄 나타나는 골밀이 대패질을 하면 나뭇결과 함께 근사하고 말끔한 바깥쪽 문살의 모양이 만들어집니다. 이걸 가로로 문살이 되는 살대끼리 쬠쇠에 끼워놓고, 세로로 문살이 될 살대도 마찬가지로 준비합니다. 이때 가로살대 하나는 문의 외부 크기가 조금 넘을 정도 길이로 가운데 끼워놓습니다.

그리고 각자와 연필을 이용해 일정한 간격으로 톱질을 할 부분을 표시하고, 똑같은 깊이로 반복해서 톱질을 한 다음 구두칼로 톱질한 틈에 끼운 뒤 살짝 밀어 준 다음 문살보다 좁은 끌로 쭉 밀면 작은 조각들이 투두둑 터져나갑니다. 이때 한쪽은 문종이를 바를 면에 홈을 파고, 한쪽은 골밀이로 모양을 낸 면에 홈을 내주어 서로 마주 보고 끼워지게 만듭니다.

문살을 모두 만들면 파인 홈에 맞춰 가로살대로 세로살대가 서로 교차되도록 끼워주고 아래 위에 문살의 끝 부분이 박힐 자리를 먼저 끌질을 하고 연귀따기와 장부를 살린 날주를 먼저 끼워줍니다. 이때 아버지는 문살을 잡아달라고 하십니다. 다음으로 연귀를 따고 장부가 끼워지게 끌로 홈을 판 설주를 양쪽으로 박아주는데 가로살대 중에서 길게 만들어 둔 살대의 양 끝이 설주의 끌질된 구멍을 통과해 나옵니다.

마지막으로 밖으로 빠져나온 장부와 중간살대의 가운데에 끌로 틈을 내고 쐐기를 박고 깨끗하게 톱질을 하면 문짝이 완성됩니다. 이때까지 문짝을 잡고 있으라는 부분만 흔들리지 않게 잡아드리면 됩니다. 완성된 문짝에 미리 위치를 적어 둔 그대로 돌쩌귀와 문고리까지 정확하게 박으면 그대로 가져가 달면 됩니다.

큰아버지도 그러셨지만 아버지도 손을 사용해 무언가를 만들어 내는 능력이 있었습니다. 갖은 생활용품을 손수 만드는 모습 외에도 뒤란 봇도랑 옆에 화덕을 만들고 숯을 넣고 풍구를 돌려 시퍼런 불길이 오르면 날이 무디어진 온갖 농기구를 새빨갛게 달궈 망치질을 하시던 큰아버지, 집을 짓거나 생활에 필요한 목기구와 다양한 집기를 만들던 아버지는 여러 면에서 참 많이 닮으셨습니다.

새로 짠 문짝 세 개를 가져다 달아주고 돈을 받아오셨던 모양입니다. 이틀 뒤 이른 아침 아버지가 양양에 가서 갈천 가는 버스를 기다릴 때 점심을 사 먹고 차비도 하고, 사촌들 선물로 학용품도 알아서 사라며 3,000원을 주셨습니다. 오색에서 버스를 탈 차비 100원은 따로 주시고요.

미리 아버지가 걱정이 돼서 부탁을 했던 모양입니다. 옆집 누나와 동행했는데요, 함께 양양에 가서 갈천으로 가는 버스를 기다리고 있었습니다. 저녁에야 갈천으로 가는 버스가 출발하지만 낮엔 그 중간인 서림까지 갔다 돌아오는 버스를 옆집 누나가 타라고 했습니다. 아마도 친동생도 아닌 사내아이 둘을 데리고 터미널에 우두커니 앉아 있는 일이 죽도록 싫었을 겁니다.

서림에 버스가 도착하고 내렸습니다. 두 살 아래 동생은 걱정이 되는 모양이었습니다. 버스정류장에서 조금 걸어 학교 앞 가게로 들어갔습니다. 공책 10권과 크레파스 두 개를 달라고 한 뒤 셈을 치르고 점심때가 막 지난 시간이라 배고프다는 동생과 빵과 사이다를 사 먹었습니다.

빵을 다 먹은 동생이 이제 어떻게 해야 되느냐고 했습니다. "학교 걸어 다녔잖아. 큰집은 집에서 학교까지 가는 것보다 멀지만 세 시간 정도만 걸어가면 돼. 걸어갈까"라 하자 동생도 그러자고 했습니다. 일곱 살이 될 때 이 길을 날이 저물어 걸었고 그때는 눈도 내렸다고 동생에게 말했습니다. 차 한 대 지나다니지 않는 길을 동생과 냇물을 건너야 하는 곳에 이르렀습니다. 연내골이라고 하는데 아버지께서 근처에서 태어나셨다고 했습니다. 동생이 거기에서 "작년에 여기서 차가 빠졌잖아. 그래서 큰집까지 여기서 걸어갔어. 맞지"라

했습니다.

오래전 형과 함께 처음 큰아버지를 만났던 비탈길을 접어들었습니다. 큰집이 내려다보이는 고갯마루에 올랐을 때 마당엔 사촌들이 놀고 있는 모습이 눈에 들어왔습니다. 높지 않은 언덕을 내려서서 양쪽으로 경사가 다른 밭 사이로 난 길을 따라 우물가를 지나며 밤나무 아래 지난해 할머니 산소를 쓴 자리를 보니 큰아버지가 산소 앞에 돌로 흙이 무너지지 않게 쌓아 놓으신 걸 알 수 있었습니다.

마당에 가까이 가서야 사촌동생이 "오빠네"라며 소리쳤습니다. 막내 여동생은 사촌들이 노는 자리에 안 보였습니다.

"인자는 자요?"

누나에게 물었습니다. 모두 놀기를 멈추고 조용히 사촌 누나의 얼굴만 쳐다봅니다. 이상하다 싶었고 괜히 불안해졌습니다.

"그게… 인자가 세수를 안 해서 우물에서 세수를 하랬거든. 근데 우물에 빠졌어."

우물이라고 해봐야 안 깊거든요. 늘 물이 가득 차서 넘친다고 해도 여섯 살 된 계집애 다리도 겨울 잠길까말까 한 깊이였습니다. 그리고 지금 막 그 우물이란 델 지나왔습니다. 이때 열린 방문으로 문턱을 짚고 일어서는 얼굴이 보였습니다. 세수를 안 해서 우물에서 세수를 하라고 했다면 얼굴이라도 말끔해야 되는데 얼룩덜룩합니다. 그리고 머리는 뒤엉키고 꽤죄죄하니 참으로 볼썽사납게 만들어 놓았더군요.

꼭 2년 전 이맘때 종일 내리던 비가 그치긴 했어도 잔뜩 흐린 날이었습니다. 저녁을 먹고 난 뒤 "우리 목욕하러 가자"며 "덕수야 너도 같이 가자"고 했었습니다. 미리 약속이나 되어있었는지 모두 나섰는데 할머니도 큰어머니도 말리지 않았습니다. 그냥 고개 넘어 맑은 물이 바위를 타고 흐르는, 깊지 않은 작은 도랑 외엔 목욕을 할 정도 되는 물이라곤 없었으니 우물가나 그 물터로 가겠거니 했겠지요.

우물을 지나 고개를 넘어 도랑가 바위 있는 물터에 다다르자 "덕수 먼저 들어가"라고 사촌 형이 말했습니다. 뭔가 또 다시 핑계를 잡아 괴롭힐지 몰라 물에 들어가니 엎드리라고 했습니다. "형 이제 나갈래"라고 하자 나오지 말라고 했습니다.

여름이라고 해도 산골짜기의 샘이 모여 흐르는 물은 찹니다. 그것도 며칠간 내리던 비가 그쳤다고는 하지만 흐린 날씨에 오죽 차가울까요. 30분 이상 그렇게 물에서 못 나오게 한 다음 "물이 너무 차가운 거 같다. 목욕 다음에 하고 오늘은 그냥 집에 가자"며 이제 나와도 좋다고 했습니다. 그때 왜 저녁밥을 먹고 난 뒤 목욕을 가자며 불러냈는지 알 수 있었습니다.

비탈진 오솔길을 걸어 올라가며 몇 번 넘어졌는지 모릅니다. 정신이 하나도 없고 어지러웠습니다. 겨우 버티며 무거운 발걸음으로 고개를 넘어 우물가를 지날 때였습니다. 바가지로 물을 뜨더니 손을 앞으로 내밀라고 하고 물을 끼얹었습니다. 비탈길을 올라올 때 몇 번 넘어지며 손과 발에 묻은 흙을 씻어준 거죠.

그렇게 어른들 눈을 피해 괴롭히는 방법을 찾아냈고 몸에 상처가 안 생길 정도로 지속적으로 괴롭혔습니다. 동생이 뭔 일을 당했는지 안 들어도 충분히 알 수 있었습니다. 댓돌 위에 가져간 보따리를 내려놓고 동생을 업었습니다. "오빠야 업혀"라며 내민 제 등에 여동생은 아무 말 없이 업혔습니다. 칭얼거리지도 않고 말도 없는 동생은 정말 가벼웠습니다.

우물로 가서 바가지로 물을 떠 여름철이면 아예 우물터에 가져다 놓아두는 세숫대야에 붓고 머리를 감기고 세수를 시켜줬습니다. 입고 있던 웃옷을 벗어 얼굴을 닦기고 머리를 말려준 뒤 큰어머니가 물동이를 올리는 돌 위에 앉으라고 했습니다. 물을 떠 발까지 씻기고 말려준 다음 수건을 대신했던 옷을 주물러 빨았습니다. 비틀어 짠 다음 허공에 툭툭 털어 그대로 다시 입었습니다. 깨끗하게 씻긴 여동생 얼굴만큼이나 그저 허공에 몇 번 털어 입은 얇은 여름 반팔셔츠도 시원하게 느껴졌습니다.

저녁을 먹고 노을이 질 때 큰아버지와 큰어머니께서 돌아오셨습니다. 아버지가 "큰아버지 만나면 큰절을 해야 된다 꼭 절을 드려라"

라 했었기에 방에 들어가 큰절을 했습니다. "그래, 놀러왔냐"는 큰
아버지 말씀에 인자를 데리러 왔다고 말씀드렸습니다.

"이제 며칠 안 있으면 할머니 소상인데 그때 와서 데려가면 되지
왜 애만 데려간다고 애들만 보내"라며 혀를 차시더군요. 아버지가
제가 큰집에서 어떻게 지냈느냐는 질문에 제대로 대답을 못하는 모
습을 보시고 마음이 급하셨던 듯합니다.

이틀 뒤 남동생과 둘이 버스를 타고 양양을 거쳐 오색으로 돌아왔
습니다. 오색엔 봄부터 버스가 여러 번 다니기 시작했기에 점심때도
되기 전에 돌아올 수 있었습니다.

아버지가 일을 하신다는 곳에 가자 "인자는" 하고 물어보셨습니
다. "아버지 큰아버지가 할머니 소상 때 아버지도 와서 인자 데려가
래요"라 대답했습니다.

며칠 뒤 할머니 3년상 중 소상을 지내게 되어 아버지와 함께 아침
일찍 서둘러 버스를 타고 양양으로 갔습니다.

어른들이 '차부'라고 하던 군청 앞에 있는 버스 주차장에 도착하
고 내려 시장을 보고 저녁 시간이 되어서야 출발하는 갈천으로 가는
버스를 탔습니다.

할머니가 돌아가시던 지난해 9월에서야 처음으로 갈천과 양양을
아침엔 갈천에서 양양으로 나오고, 저녁 무렵엔 다시 갈천으로 가서
머무르곤 하던 보름에 한 번씩 홍천에서 넘어와 운행하던 버스를 처

음으로 타게 되었던 겁니다. 그전엔 걸어 다녀야 했고, 할머니가 돌아가셨을 때는 삼륜차로 적재함에 짐을 올리고 그 사이에 앉아 가야 했던 갈천으로 처음 버스를 타고 가게 된 겁니다.

할머니의 장례식을 치르던 그날처럼 어른들은 상복을 입고 시간 맞춰 곡을 하며 찾아오는 손님들을 맞이하더군요. 그렇게 소상 마지막 날 저녁 어른들이 마당에 모깃불을 피워놓고 옥수수로 담은 막걸리를 마시며 "형제들이 다들 멀리 떨어져 있어서 모이기 어려우니 소상을 치르고 지청을 내야겠다"는 큰아버지 말씀이 들렸습니다.

작은아버지는 "형님, 제가 화천에서 군생활을 해 가장 멀지만 그래도 내년에도 올 수 있는데, 아니 내년에 대상까지 치러야지 뭔 말입니까. 섭섭합니다"라고 하셨고, "지청에 상식을 올리고 보름마다 제사는 손가락 빼서 지내는 줄 아냐"며 큰아버지께서 역정을 내셨습니다.

그리고 집을 나간 어머니로 얘기가 돌아갔고 "조상 묘를 잘못 써서 여자들이 집을 나가는 거 아니냐"는 말까지 나오자 어른들의 언성이 높아지더군요. 그 말을 들을 때 막막한 무언가 앞을 가로막으며 다가서는 느낌이었고 그 불안감은 선잠이 들었던 저를 흔들어 깨우는 아버지를 통해 왜 그랬는지 알게 되었습니다.

아버지가 시키는 대로 여동생을 깨워 시장에서 새로 사갔던 옷을 입히고 남동생도 깨웠습니다. 한 여름이지만 날도 채 밝지 않은 시간

어둑한 길을 따라 버스 종점을 향해 걸었습니다.

요즘과는 다르게 그때는 눈도 참 무던히 내렸습니다. 아궁이에 장작으로 불을 지펴 온기를 만들어야 하는 계절이면 지게를 지고 산을 찾아야 했습니다. 아침밥을 지어 먹고 설거지를 마치면 바로 밑의 동생과 톱과 낫을 챙겨 나섭니다.

처음엔 마른나무나 주워 지게에 얹어 나르는 정도지만 열두 살이 되면서 제법 굵은 참나무로 장작을 만들었습니다.

그 무렵에서야 어머니를 형이 찾아가 만났었고, 어머니는 형에게 집에 가서는 절대로 만났다고 하지 말라는 말을 듣고 돌아와 어머니가 시킨 그대로 했다는 사실을 알게 됩니다.

그리고 제가 졸업을 며칠 남겨두었을 무렵에서야 형이 집에 돌아왔습니다. 열여섯 살에 나갔던 형이 열여덟 살 되어서야 잠시 돌아왔다 다시 나가서 스물두 살이 되어서야 집에 돌아온 것입니다.

아버지는 그런 형의 모습을 평생 못마땅하게 생각하셨습니다.

국민(초등)학교를 졸업한 직후 "살아가려면 기술이라도 배워야 된다"는 어른들의 말로 타지로 나가 살면서 자연스럽게 등산이란 걸 하게 되었습니다.

그런데 그게 이상하게도 서울에서 일을 할 때는 적어도 한 달에 두 번은 산행을 나서는데 설악산이 있는 인제군에서 일을 하게 되면

산에 갈 기회를 만들기 어렵더라는 겁니다. 1977년에 서울에 가서 1년을 꼬박 보내며 기술을 배우며 지냈지만 이때는 너무 어려 매일 잔심부름이나 하며 지낸 거 같습니다. 이때 제 고향이 설악산 오색이란 걸 알게 된 산에 다니던 누나 한 분이 무박으로 설악산을 가면서 같이 가자고 해서 동대문에서 관광버스를 타고 오색에서 내려 설악산을 넘었었습니다.

이듬해 봄엔 인제군의 원통에 가서 농기계 정비와 선반, 용접을 배우기 시작했는데 여기에서도 처음엔 심부름부터 시작했습니다.

4월부터 시작했던 원통에서 생활이 두 달 정도 되었을 때 기술자로 일을 하던 형이 주인아저씨의 친척이라는 저보다 3살 많고 먼저 와서 기술을 배우고 있던 형한테 그러더군요.

"넌 도대체 여기서 배운 게 뭐냐. 연장 이름도 아직 제대로 모른다는 건 정말 이해하기 힘들다. 그냥 용접 좀 한다고 까부는데 선반 기어 하나도 제대로 못 걸면서 덕수는 왜 맨날 괴롭히니? 내가 볼 때 한 달 뒤면 너보다 덕수가 더 일을 잘해. 그만두려면 지금 당장 그만둬! 모르면 적어서라도 배우려는 의지가 있어야지 어떻게 된 애가 어린 애만큼도 의지가 없어."

몇 번 "열네 야마 걸어"라던가, "열여섯 야마 걸어"나 "옥걸이 걸어"란 말이 처음엔 뭔지 모르고 들었지만 그게 선반 작업에서 기어를 바꿔 걸어주라는 말이란 사실을 알게 되었습니다. 옥걸이는 회전

하는 축과 쇠를 깎는 날의 진행 속도가 평면이 되도록 작업이 되게 기어를 바꿔주면 되고, 열네 야마와 열여섯 야마는 볼트나 너트의 나사산에 맞춰 기어를 바꿔 끼워주면 되는 작업인데 선반 작업자가 지시를 하면 보조 일을 하는 사람이 기어를 그에 맞춰 세 개의 기어를 바꿔 끼우면 되었습니다.

2년째 일을 한다는 3살 더 먹은 그 형은 산소용접과 전기용접은 어느 정도 했지만 기어를 교환해 주는 그 일은 항상 틀려서 시킨 사람이 반드시 다시 한 번 교환된 기어를 확인해야 사고가 안 일어났으니 화를 낼만도 했었지요.

기술자 형의 말 그대로 한 달 뒤부터 저도 기본적인 용접을 할 줄 알게 되고, 자연스럽게 선반 작업을 할 때 기어를 바꾸거나 필요한 연장들을 챙기고 경운기의 엔진 헤드를 혼자 분해해 개스킷을 교환하고 조립하기 시작하자 그 형은 슬그머니 사라졌습니다. 몇 시간 어디 나갔나 했었지만 아예 돌아오지 않았지요. 그리고 이듬해, 그러니까 1979년 추석이 지나자 인제군 일대는 저녁에 해만 지면 통행금지가 걸리게 되었습니다. 그해는 10월 초에 한가위가 있어서 정말 풍성하게 보냈는데 추석 이틀 전 인제군과 양구군의 경계에 있는 대암산으로 무장공비가 넘어왔다고 했습니다. 자정이 아닌 저녁에 날이 어두워지면 통행금지가 걸리게 된 이유였지요.

열흘쯤 지나서 무장공비 한 명을 사살했다는 소식이 들렸고, 아무

것도 먹지 못해 아사 직전으로 보였다는 말도 들렸습니다.

탈곡작업도 모두 마무리되고 김장철이 시작되기 직전인 10월 27일 새벽부터 방앗간에 기계가 망가졌다는 연락을 받고 공구를 챙겨 원통시장에 갔을 때 절반을 자른 드럼통에 생선 궤짝을 넣고 불을 피워 추위를 피하던 어른들이 수군거리는 소리를 듣게 됩니다. "누가 작정하고 쐈구만"이란 말에 처음엔 무장공비를 사살했다는 말인 줄 알았습니다. 그때 라디오를 통해 "지난밤 궁정동에서 총격이 발생했는데 박정희 대통령 각하께서 피격을 당했다"는 내용이 들렸습니다. 그리고 해가 막 떠오를 때부터 "박정희 대통령 각하께서 서거하셨습니다"란 내용으로 바뀌고 음악도 정말 서글픈 장송곡으로 흘러나왔습니다.

11월이 되었을 때 다시 서울로 갔습니다. 그 뒤로 설을 보내러 고향에 가면 봄엔 농기계 정비를 하고, 추석엔 서울에서 일을 한 뒤 가을걷이가 시작되면 원통으로 가서 농기계를 고치는 일을 했습니다. 그리고 다시 서울로 가서 이듬해 봄이 올 때까지 봉제공장에서 일을 했고요.

「한계령」을 처음 썼던 1981년엔 제 경험으로는 다시는 없지 싶은데 한가위가 참 이르게 들어있었습니다. 여름의 끝자락이 채 떠나기도 전인 9월 12일이 한가위였으니 말입니다.

그때까지 사용하던 발로 밟아 낟알을 털던 탈곡기에서 경운기에 벨트를 건 반자동식이나마 사람의 노동이 덜 드는 탈곡기에 말린 볏단을 나누어 집어넣으면 한쪽으로 잡티까지 날려 벼만 나오는 기계가 보급되기 시작했습니다. 이 탈곡기로는 볏짚에서 낟알이 깨끗하게 모두 탈곡되지 않는 단점이 있었는데 이걸 재래식 탈곡기로 한 번 더 탈곡하는 과정을 거치게 만들었습니다.

페달을 발로 밟아 탈곡하던 재래식 탈곡기를 연결할 수 있게 개조하는 일을 선반과 용접을 할 줄 알던 제가 맡아 하게 되었습니다.

풍년산업이라는 업체에서 전국 농촌에 판매한 재래식 탈곡기는 사용한 지 오래되어 낟알을 털어내는 살대들이 낡고, 살대가 박혀있던 세 치가량 되는 판재도 아무리 잘 관리했다 하더라도 비바람에 상해 있어 모두 뜯어내고 새로 이 낟알을 털어내는 원통형의 살대 틀부터 새로 만드는 작업을 했습니다.

제재소에 미리 부탁해서 일정한 크기로 작업을 해 가져온 플라타너스 판재를 대패질로 윗면을 말끔하게 정리하고, 면치기 대패로 직각의 모서리를 약간 둥글게 다듬어 줍니다. 그리고 양쪽 끝부분에 둥근 양철판에 고정시킬 두 곳이 볼록하게 솟아난 요철을 만드는데, 이건 종이로 미리 본을 떠 놓고 손질한 판재 양쪽 끝부분에 대고 연필로 표시를 하고 톱질을 한 뒤 가운데는 끌로 따고 양 모서리는 톱질로 잘라내면 완성됩니다.

그리고 살대는 젓가락 굵기 정도 되는 강선을 먼저 25cm 길이로 자르고 이걸 절반이 되게 구부려 줍니다. 이걸 준비되어 있던 판재에 박아서 살판이 되게 만들어 주는데 살대가 원통형으로 조립될 때 서로 어긋나게 박아줘야 합니다.

그리고 살판이 조립된 장구통을 회전시켜 주는 구동장치인 페달 역할을 하던 발판과 장치들을 제거하고 탈곡기 회전축과 연결시키는 작업을 진행해야 됩니다. 십자 조인트를 만들고 이걸 한쪽은 수동 탈곡기 회전축에 끼워 고정시키고, 반대쪽은 자동탈곡기 회전축을 분해해서 같은 규격의 환봉을 용접으로 연결해 선반으로 다듬은 다음 연결되게 만들어야 합니다.

지금에야 반자동은 물론이고 사람이 발로 페달을 밟아야 낟알을 탈곡하던 재래식 탈곡기는 콤바인에 밀려 만날 수 없는 골동품이 되었고, 저도 선반 작업은 손을 놓은 지 정말 오래되어 기어를 어떻게 연결해 걸었었는지 기억에 가뭇합니다.

「한계령」을 처음 썼던 그해엔 추석에 고향을 다녀왔기에 서울에서 가을을 보낼 짐을 챙겨 강원도로 오면서 아예 속초로 가게 되었습니다. 사실 며칠 늦었지만 얽매인 몸이 아니었기에 며칠 정도 그렇게 시간을 냈던 것입니다.

속초에서 설악동으로 택시를 타고 이동해 권금성을 오르고, 거기에서 화채봉까지 거슬러 올라가 샘터에서 하룻밤 머물고 다음날 대청봉을 올라 다시 하룻밤 더 머물렀습니다. 배낭이 무거웠기에 그 길을 당일로 걷기엔 무리였습니다.

사흘째 되는 날 중청봉을 거쳐 한계령으로 내려와 원통으로 가기로 했습니다.

마지막 날 아침부터 구름이 짙게 끼더니 끝청봉을 지나며 빗방울이 떨어지기 시작했습니다. 안개가 짙게 끼고 비가 종일 내리는 날, 천불동이나 오색 방향이라면 사람들을 만나겠지만 제가 선택한 서북주릉이라 부르는 길은 종일 걸어도 몇 사람 만나지 못했습니다.

서북주릉을 따라 걸으면 한계령 삼거리에서 왼쪽으로 방향을 바꿔야 되는데 안개 때문인지 그 지점에서 곧장 앞으로 걸었던 모양입니다. 길에 돌이 점점 많아지더니 제법 큰 바위 덩어리로 변하고 온통 돌밭으로 된 지점이 나타났습니다. 길도 내리막이어야 될 텐데 다시 그 바위들로 된, 그러니까 너덜지대를 거슬러 오르는 길을 들어서게 되었던 겁니다. 한계령 삼거리에서 귀떼기청봉으로 곧장 걸어왔다고 생각하니 다시 돌아가기 막막했습니다. 대략적으로 판단을 해 왼쪽으로 방향을 크게 돌려 내려서면 한계령 샘터 방향이 되겠지 했는데 정말 경솔한 판단을 했다는 사실을 오래지 않아 깨달았습니다.

해발 1000미터가 넘는 설악산의 능선엔 인가목이라고 부르는, 바닷가에선 해당화인 반넝쿨성 나무가 있습니다. 또 하나 이름을 잘 모르지만 지독한 가시가 많은 나무도 있는데 안개 자욱한 숲에서 이 가시들이 찔리고 긁히니 도저히 앞으로 나갈 수가 없었습니다.

다시 방향을 바꿔 능선에 있는 등산로로 나와서 되돌아 한계령 삼거리를 향해 걸었습니다. 날은 흐리고 비가 내렸지만 무거운 배낭을 지고 걷느라 덥다고 소매를 걷었던 팔은 가시덤불에 찢겨 피가 흐르더군요. 스카프로 피를 닦고 소매를 내려 단추를 잠갔습니다.

한계령 삼거리에서 바위로 된 급격한 내리막을 내려서고 샘터를 지나서야 비가 그쳤습니다. 그리고 오후가 되자 거짓말처럼 서서히 하늘이 개는 모습을 보며 종일 걸어오던 길이 한눈에 들어오는 능선 꼭대기에 올라서게 되었습니다. 잠시 배낭을 벗고 쉬고 다시 출발했습니다.

본격적으로 내리막길이 시작되고 제법 넓은 쉼터를 지나면 지금의 한계령 휴게소를 내려서기 전 등산로에서는 바위 앞만 보일 뿐 넘어서서 앉으면 거기 사람이 있는지 전혀 알 수 없는 바위가 하나 있습니다. 늘 그랬던 것처럼 그 바위를 넘어 내려서서 아늑한 자리에 마지막으로 배낭을 벗어놓고 쉬는데 여섯 살 어린 나이에 어머니와 헤어져야 되던 그 순간부터, 큰집에서 더부살이를 하던 일과 어린 날 겪었던 감당하기 버거웠던 순간들이 생생하게 떠올랐습니다.

마치 아주 느리게 돌아가는 영사기를 통해 저 멀리 어딘가에서 먼지 자욱하게 비추어 주는 화면처럼 말이지요. 끝으로 사흘 동안 걸어

온 산길이 지금까지 제가 살아왔던 날들과 참 많이 닮았다는 생각이 들었습니다. 그런 생각들을 정리해야 되겠다는 생각에 배낭 머리에 넣고 다니던 편지지와 볼펜을 꺼내 썼던 시가 「한계령에서」입니다.

한계령엔 8~9m 폭으로 확장되어 매끈하게 아스팔트로 포장이 될 때까지 공사장에서 어렵지 않게 볼 수 있는 각재로 뼈대를 만들고 골진 함석으로 지붕과 벽체를 만든 허름한 점방이 하나 있었습니다. 각재라고 해야 현장에서는 오비기라고 부르는 손가락 마디 하나를 한 치라고 했을 때 세 마디 크기의 제재된 목재를 대패질도 안 한 상태로 길이만 적당히 맞춰 잘라 집을 지었었습니다. 허술해 보이던 점방이 세찬 바람에도 쓰러지지 않고 버틸 수 있었던 이유는 점방을 산에 바짝 붙여지어서였지 싶습니다.

그 점방에 대한 기억이 있습니다. 1974년 설을 사흘 앞둔 오전 열한 살이 막 되었던 난 오색에서 한계령을 넘어 장수대까지 걸어갔었습니다. 중간에 한계령에 있던 점방이 문을 열었었다면 분명히 가게 안을 들어갔겠지요. 하지만 눈보라가 휘몰아치는 날씨에 버스 한 대 다니지 않던 그날 초라하지만 당시의 제 서러웠던 눈엔 참으로 아늑한 모습으로 기억되게 양철 연통을 통해 연기만 피워 올리며 문은 굳게 닫혀있었습니다.

열한 살 어린 아이가 왜 한겨울 한계령을 넘었는지는 나중에 차차 밝히기로 하겠습니다. 그러나 사람들은 막연한 기대감을 마음에 품게 만들었던 상황이나, 장소와 같은 쪽에 대해 반드시 매듭을 지어야 편한 모양입니다. 어찌 보면 일종의 집착과 같은 반드시 해결하거나 매듭을 지어야 된다는 습관이 문학과 미술이나 음악 등 다양한 예술적 기회로 승화될 수도 있겠지 싶습니다.

한겨울 눈보라 속에 연통을 통해 하얀 연기만 피워 올리던 문 닫힌 작은 점방에 대한 기억에 이끌려서겠지만, 설악산을 등산이라는 형태로 오르내리며 몇 번 그곳에 들려 라면으로 요기를 했었습니다.

4월 말이 되어야 진달래가 피는 한계령엔 5월 중순이 넘어서서야 나뭇잎이 제법 형태를 갖춰 피어납니다.

그때쯤에서 바람이 불면 흙먼지가 날리는 점방 앞에 송판으로 짠 탁자와 조금 두꺼운 송판으로 탁자 크기에 맞춰 2~3명이 앉을 정도 되는 길이로 만든 의자가 비와 바람에 시달린 몰골을 드러낸 채 모습 그대로 놓였습니다. 그 의자에 앉아 흰점이 박혔다고 해야 될지, 아니면 녹색의 점이 박혔다고 할지 애매한 옥색 에나멜 대접에 담아낸 라면에 젓가락질을 했습니다.

아마도 오색이나 원통, 때로는 서울로 가는 직행버스 시간을 확인하고 기다리는 시간을 멍하니 서있는 건 차마 할 짓은 아니란 생각이 었을 수도 있겠지요.

제가 오르고 내려오던 산길엔 어김없이 봄이 오고 여름이 되고 가을이 깊어가며 세월은 어느덧 이렇게 흘러갔습니다.

그리고 당시의 아버지보다 더 나이가 든 제 모습을 만납니다.

그동안 썼던 한계령에 대한 시들로만 이번엔 엮어 부끄러운 마음으로 내놓으며, 전부는 아니지만 최대한 어떻게 「한계령」을 열여덟 어린 나이에 썼느냐고 하시는 질문에 대답을 하는 마음으로 숨길 이유도 없는 그저 지난날의 추억이 된 이야기를 꾸밈없이 부끄럽지만 드러내 보입니다.

한계령 자락에서

한사寒士 정덕수鄭德洙

다시 한계령에서

정덕수 작사
유정탁 작곡
김애령 노래

멀 어 가 지 못하는 것 아 닌 데 그 리 워

사 무침 아 닌 데 어 느먼 - 동 네 떠돌 - 다

세 월 이 만큼 흘렀 네 인 생 이 란 새 롭 건 만

찔 레꽃 - 흐 드러 진 고 향 그 리 - 워 -

물 결 재 잘대 는 소 리 환 청 으로 듣 는 구 나

찔레꽃 피면 찔레꽃 피 - 면 돌아 갈 까 -
돌아 갈 수 있을 까   내 에서 강 으로
바다로 떠 났던 물이   흘러돌 아기 어코   새 암으로
- 돌아 오듯 그렇게   돌아 갈 수 - 있을 까 찔레
꽃 피   면

Da Coda

D.S. al Coda   fine

한계령

정덕수 작사
하덕규 작곡
양희은 노래